JN057554
クロウレン家の次男坊 3
じなんぼう
SECOND SON OF THE CLOUREN FAMILY
著 島田征一
イラスト ゆのひと
PRESENTED BY SEIICHI SHIMADA
ILLUSTRATION BY YUNOHITO
TOブックス

CONTENTS

illustration / ゆのひと
book design / 5GAS DESIGN STUDIO

SECOND SON OF THE CLOUREN FAMILY

PRESENTED BY SEIICHI SHIMADA
ILLUSTRATION BY YUNOHITO

フェリス・クロゥレン
本作の主人公でクロゥレン子爵家の次男坊。魔核職人として平穏に過ごしたいのに、貴族絡みの面倒事に巻き込まれている。過小評価されてきたが、姉兄との戦闘をきっかけに徐々に才能が知れ渡っている。
ミスラ・クロゥレン
フェリスらの母で、解剖学の先駆者。『天医』の称号をもつ。医者として国内では名が知られている。

CHARACTER
ジィト・クロゥレン
フェリスの兄で、クロゥレン子爵家守備隊長。『剣聖』『破断』の称号をもつ。
武術師としては世界十位。
ミルカ・クロゥレン
フェリスの姉で、クロゥレン子爵家当主。『炎魔』『王国の至宝』の称号をもつ。
魔術師としては世界八位。
バスク・クロゥレン
フェリスらの父で、クロゥレン子爵家前当主。商人として得た金で未開地帯の土地を買い、そこを開拓することで貴族位を得た。

本来の目的

ここまで来れば、まずは一安心といったところだろうか？

少し風のある穏やかな平原には、目立った気配は感じられない。万が一を考えていたが、侯爵家はこの面子を放置することに決めたと見て良いだろう。

未だあちこちが軋む体には、あまり負荷をかけたくない。旅には景色を楽しむくらいの余裕が欲しいものだ。

……何事も無ければ、もっと悠々と目的地を目指していたろうに。

半ば恨めしい気持ちで、ここ最近の出来事を振り返る。

まず切っ掛けとして、伯爵領に現れた魔獣の報告と、俺が受けた包丁制作の依頼を引き継ぐべく、侯爵領へと赴くこととなった。当の侯爵家には親しい友人がいることもあり、久し振りに会って話が出来ればという期待もあった。

今にして思えば、これが軽率な行動だった気がする。

長らく親交のある友人はさておき、その妹に毛嫌いされていると知っていながら、俺は対策せずに侯爵邸を訪れてしまった。先触れを出して友人だけを引っ張り出すだとか、方法は幾らでもあった筈なのに、そこで手を抜いてしまったのだ。

案の定、妹と衝突した。

半ば危惧していた通り、妹は俺に難癖をつけ、こちらの強度を把握しようと執拗に絡んで来た。俺の数値が当人を上回ると知れば、相手はそれを否定しようと絶対に決闘を挑んで来る。それを避けるため、同席者——近衛兵隊長——の手を借りその場を濁しはしたものの、ここで俺は決定的に目をつけられてしまった。

後はもううんざりするような展開だ。何がそこまで気に喰わなかったのか、未だに理解が出来ない。あれはもう性格としか言えないものだろう。

彼女はまず侯爵家の人員を使い、引継ぎ相手の職人に悪評を流すことで、仕事を阻む方法を取った。そして職人の家族が俺を詐欺師と思い込み、侯爵家へ訴え出たことで騒ぎはより大きくなってしまう。

元々でっち上げられた犯罪だ、容疑者を巧く作れたのなら、この機に乗じて妹が実力行使に出ることは充分に考えられる。実戦に備えるべく友人と鍛錬をしていると、近衛兵隊長が胸を貸してくれることになり……そこで俺は攻撃を捌き切れず重傷を負った。

そこからの展開は早かった。

俺が寝込んでいる間に、裁きはあっさり終わっていた。当の妹は犯罪行為が露呈し勾留され、友人の手で粛清されることとなった。

狙われることが無くなったのは幸いだが、ここまで事態が拗れると、ゆっくり療養もしていられない。厄介事に巻き込まれる前に、俺は近衛達と一緒に侯爵邸を出ることにした。

改めて考えてみると、呪いでもかけられたかのような日々だった。しかし、どうやら俺は逃げ切ったらしい。

ここから先は、本来の旅の目的を果たすだけ。

——転生時の条件となっていた祭壇へ、これでようやく足を向けることが出来そうだ。

懸念

——彼はちゃんと遅れずに、ついて来ているだろうか？

レイドルク領を抜け、中継地点である宿場町を目指す道中、何度となく後ろを振り返る。

フェリス殿は数日前まで半ば寝たきりだったというのに、特に不平を漏らしもせず、平気な顔でこちらに追従していた。

中央にしろ特区にしろ、まだかなりの距離がある。

正直なところ、侯爵領で時間を使い過ぎているため、急ぎ帰還したい思いはある。しかし病み上がりの少年に、頑張って走れとも命じ難い。

指示を躊躇(ためら)っていると、隊長はふと顔を上げ呟いた。

「そろそろ人目も無くなってきたことだし、少し急がないか？　フェリス君は走るのがきつければ、こちらで担いで行くが」

「……いや、流石にそれはお断りします。走れますから大丈夫ですよ」

隊長の斬撃をまともに受けたと聞くが、本当に大丈夫だろうか？　傷の処置は済んでいても、体内まではどうだか解ったものではない。加えて、見たところフェリス殿は魔術師寄りの人間だ。行軍に慣れている我々と同じように扱うのは、些(いささ)か酷ではないか。

俺の懸念を余所(よそ)に、隊長は朗らかに笑って走り出した。普段より多少速度を抑えているものの、一瞬でかなり遠くへ離れている。置いていかれないよう、俺は慌てて足に力を込める。

貴族への礼儀として、金属製の鎧(よろい)を着ていたことが呪わしい。騒々しい音を立てながら、先を行く背を追う。フェリス殿はどうしたかと周囲を見回せば、苦笑いをしつつも涼しい顔で俺に並走していた。

面食らって足取りが乱れる。

「別に強がった訳じゃありませんので、こちらのことはお気になさらず」

走りながらも言葉は落ち着いている。体幹を保ち、周囲に目を配りながら速度を維持する動きは、明らかに斥候(せっこう)が出来る人間のものだ。

「領地で行軍の経験が？」

「行軍なんて大層なものじゃありませんよ。守備隊の訓練には参加してましたけどね」

クロゥレン家の守備隊と言えば、国内でも精兵揃いで知られている。流石に近衛ほどではないものの、加入条件はかなり厳しかった筈だ。当主の血筋の者だからと、身分による甘えが通じる世界ではない。

歩いている様子だけではよく解らなかったが、一般的な兵士よりもずっと基本が出来ている。病み上がりでこれなら、本調子の彼は近衛に迫る力量を持つのではないか。

「子爵領は森林地帯でしたね。森にはよく入っていたのですか？」

「そうですね。生きていくためには必要なことでしたし、足腰は鍛えられたと思います」

「……なるほど、動ける訳だ」

荷物やら鎧やらが一歩踏み込む度にうるさいので、自然と声が大きくなる。まだまだ体力的には余裕でも、無駄口を叩くと消耗が激しい。

隊長はこちらを待つつもりが無さそうだし、一度集中するべく意識を切り替える。

「ひとまず、前に追いつきましょうか。異能無しでも隊長は速い」

「そうですね、行きますか。……っと、ジグラ殿、魔獣が近づいています。右手側、奥の茂みから三体。このままだと接敵しますね」

「脅威は？」

「ありません。が、ファラ師から離されます」

それも問題とはいえ、放置する訳にはいかない。溜息を吐いて足を止めた。

槌を腰の留め具から引き抜き、構える。

「街道の安全を確保するのも、我々の仕事です。取り敢えず処理しましょう。戦闘に支障は？」

「まあ行けるでしょう。……来ますよ！」

フェリス殿が警告すると同時、藪から黒い影が三体同時に飛び出した。地を低く這い、身を左右にくねらせながら、複雑な軌道で魔獣が迫る。

足首へ噛みつこうとする影を狙って、掬い上げるようにして武器を振り抜く。獣の頭が砕け散り、血飛沫（しぶき）が舞った。残り二体へ素早く顔を向ける——そこには首を石槍で貫かれた魔獣が、地面に転がっていた。

あまりに対処が早い。いつ仕留めたのかすら把握出来なかった。

武人としての強度不足で職人を選んだのかと思ったら、そういう訳ではないらしい。というより、俺の魔術強度を大きく超えていなければ、知覚すら出来ないなんて現象は起き得ない。

俺の魔術強度が３２０８。少なくとも、フェリス殿は５０００を超える数値の持ち主ということなのだろう。

だとしたら逸材である分、惜しい。

いっそ単なる盆暗（ぼんくら）であったなら、説得は簡単だったというのに。

◇

目の前の人物の纏（まと）う空気が変わった。

明確にこちらへと向けられる圧力――戦闘も終わったというのに、何故？

ファラ師はだいぶ先へと行ってしまった。今ならジグラ殿が何を言っても、俺が助けを求めても、ファラ師の耳には届くまい。何処となく緊張を孕（はら）んだまま、彼が重々しく口を開く。

「フェリス殿。……隊長が職を辞して、貴方の従者になると聞きました」

「そのようですね」

どうしてそんな発想に至ったのか、今でも本気で解らない。ただ、その思い切りがミルテ姉のツボを突いたらしいことは確かだ。

俺が困惑していると、ジグラ殿は苦々しげに顔を歪めて続ける。

「貴方にしか頼めない。現職を続けてもらえるよう、そちらで口添えをしてもらえないか」

ああ、なるほど。

それは確かに、今じゃないと言えないか。しかし返答に困る発言だ。ファラ師が俺の従者になることについては、正直かなり首を捻っているところではある。ただ、当主の決定を覆す材料も、本人の意思を否定するだけの理由も、俺は持ち合わせていない。

「まあ……ファラ師が俺の従者になることは、確かに勿体無いとは思っています」

言葉を慎重に選ぶ。ある面では同意するものの、残念ながらジグラ殿の意思には沿えない。

「かといって、あの人が現職を続けることに賛成なのかと言われると、それも違いますね」

「と言うと？　苦労してあの地位まで上り詰めたのに、それが無意味になるのですよ？」

「繰り返しになりますが、俺の側にいるのが正解なのか？　という気持ちはあるんですよ。ただ、近衛兵隊長としての立場にあって、あの人が幸せなのかと問われれば、そうでもないように見えます」

そもそも本人が現職に拘(こだわ)っていたのなら、もっと別の形を選べるよう足掻いた筈だ。どれだけ惜しい人材であろうと、その気が無い人間を縛りつけるのは如何なものか。

「あの人は才能もあって、かつ優秀なんでしょう。武術師第三位だ、国が手放したくない気持ちも解ります。ただ、建前としてこの国には職業選択の自由がある筈です。それを認められないのなら国として破綻しているし、ファラ師が抜けることで近衛が立ち行かなくなるのなら、それも組織として破綻している。戦時下でもない今、あの人に拘る理由は無いでしょう」

近衛は王族を守るためにある。現状、国内は安定しており、周辺国との関係性も悪くない。ファラ師がいなくとも、近衛の業務は回せる筈だ。

俺の言葉に、ジグラ殿は苦悩に満ちた表情を見せる。

「フェリス殿の発言は理解出来ます。ただ、現実はそうではない」

「何があると？」

「……王族の一人が、隊長に執着を見せています。役職があるからこそ、今まで愛妾(あいしょう)として扱われずに済んでおりましたが……」

「立場が無くなれば単なる女だから、好きにして良いとでも？」

唇が吊り上がる。話の内容が一方的ではあるにせよ——彼は彼なりに、ファラ師を守りたい訳か。なるほど、確かに個人で立ち向かうには、大きい権力であることは認めよう。ただし、それを守るとは言わないんだ、馬鹿らしい。

思わず漏れた冷笑に、ジグラ殿の視線が尖る。

「王権を甘く見るべきではない。今後狙われ続ける生活になるのですよ？」

「お偉方の顔色を窺い遜って仕事をするか、王族の玩具になるかの二択しか無いとでも？　貴方こそ、ファラ・クレアスを甘く見ている。あの人は人格者だから他者を害していないだけで、王家を皆殺しに出来るだけの武力を持った真の強者だ。本気になったあの人を誰が止められるんです？」

ジグラ殿は槌に手をかけ、唇を噛み締める。息が詰まるような時間が流れる。

——武器を俺に向けて何が変わるというのか。加えて、彼は根本的に誤解をしている。恐らく、王権は発動するとしても、彼の想定するような事態にはならない。

内部にいるのだから、ある程度の情勢は読んでほしい。俺は溜息を漏らす。

「ジグラ殿。……貴方の懸念は尤もですが、王族がファラ師に固執したところで、恐らく彼女は愛妾にはなれませんよ」

「何故そんなことが言えるのです？」

「簡単ですよ。上位貴族の面々は、ファラ師を疎ましく思っている。理由までは知りませんけどね。女には要職を任せられないだの、平民上がりが偉そうにだの、その辺が定型句なんじゃないですか？」

ジグラ殿は虚を突かれたように硬直し、やがて頷く。

上位貴族の陰湿さとでも言おうか、そういった手口には飽き飽きだ。言葉だけなら証拠が残らないから、何を言っても咎められないと思っていやがる。

ただそういった連中だからこそ、自分の利害には敏感だ。

「ファラ師は人格的に大きな問題も無く、愛妾として求められるだけの美貌を持ち、何より圧倒的な力を持つ人間です。近衛としての勤務も長く、様々な人間と交流してきたことでしょう。ならば疎まれるばかりではなく、憧れを抱く者も多いのでは？」

「それは……その通りです」

予想通りか。ならば後の流れは簡単だ。

「ということはファラ師が呼びかければ、彼女の下に集う武人は少なからずいるということです。王家に武力が集中し過ぎる可能性を、上位貴族達が認められると思いますか？」

断言出来る。彼らは己の心臓を握られることを良しとしない。むしろファラ師が自発的に排除されるというのなら、その流れに乗るだろう。利害が一致するのなら、今回は相手を利用出来る。

「ファラ師の安全を確保したいのなら、むしろ貴族を抱き込むことです。危機感を煽ったって良い。愛妾になることは認められない、かといって物理的に排除しようものなら反撃を受ける、だったら本人の好きにさせよう。そういう方向に全体を持っていくことが、貴方に出来ることです」

王族の狙いを外したいなら、これが一番望ましい形になる。周囲に協力を求めるのはそう難しいことではない。

……しかし、危険だから好きにさせよう、となる辺り強者が強者たる所以だな。

ジグラ殿は色々と考え込むと、観念したように槌から手を離した。

「そのような道があると、私は想定出来ませんでした」

「まあ、敵だからといって協調出来ない訳ではないですからね。思惑が一致するのなら、そういうやり方もあるってだけです」

如何にも貴族的で回りくどいやり方だが、まあ参考程度にはなるだろう。権力だって使い方次第だ、過剰に恐れるものではない。

ジグラ殿も平民からの叩き上げなのか、立場はあるのにその辺が巧くない気がする。

ともあれ、今の遣り取りで相手のやる気は消えたようだ。病み上がりでやり合うことにならなかっただけ、俺としては御の字だろう。

話がまとまったところで、放置していた魔獣の亡骸を地面に沈めた。その様をぼんやりと眺めながら、ジグラ殿は不安を口にする。

「フェリス殿……私は中央に戻り次第、先程教えていただいたことを目標に、貴族達と交渉をするつもりでおります。ただ、もし隊長が狙われることになったら、貴方も同じく狙われる可能性があります。その点はどうお考えですか」

俺を狙う？

たとえば、俺を人質にしてファラ師を押さえる……有り得るか？　いや、ファラ師を直接狙うよりは目があるか。

「撃退出来るならします。駄目な時は領地に戻るか、国を出るか……まあ、どうにでもなりますよ」

地術で亡骸を埋めた箇所を固めてやると、ジグラ殿はそこに槌を振り下ろす。激しい音が響き渡るも、地面は多少凹んだ程度で大きな損傷は見られなかった。

彼は苦笑いしながら、満足げに頷く。及第点には達したらしい。

根が生真面目な人なのだろう。正直、彼も近衛には向いていない感がある。まあ、部外者である俺が口出しすることでもないか。

ならば残す問題は一つ。

「ところで……」

「はい？」

「ファラ師は何処まで行きましたかね？」

『観察』と『集中』を使っても、最早背中すら見えなくなっている。魔力探知すら及ばない。

「ああ、拙(まず)い」

小さな嘆きが耳に届く。ジグラ殿が慌てたように走り出した。いつものことなのだろう。こちらのことを全く斟酌(しんしゃく)していない……あの人は本当に慕われているのだろうか？

微妙な心持ちになりつつも、俺は彼の背を追うことにした。

またあとで

隊長に追いついたのは、中継地点となる村に着いてからだった。それなりに急ぎはしたものの、やはり元々の速さが違い過ぎる。

「どうした、随分時間がかかったな？」

「途中、何回か魔獣が出ましたからね。一応掃除をしてましたよ」

「ご苦労。それは大事なことだ」

軽く笑って、隊長は俺とフェリス殿に水筒を寄越した。近衛の支給品とは違う、見覚えの無い物だ。どうやら買い物をするくらいの余裕があったらしい。

そこまで汗は掻いていないにせよ、水分補給は重要だ。ありがたくいただくことにし、蓋を開けて口に含む。中身はよく冷えていて、微かな甘味が染み渡るようだ。

美味いが、何だこれは？

知らない味に首を捻っていると、フェリス殿が小さく呟く。

「カロ……だっけ？　小さい頃に食べたような」

「ご名答、フェリス君は味覚が鋭いね。この村では熟す前のものを潰して、濾(こ)した果汁を飲むそうだ。肌荒れに効くらしいよ」

そうは言っても、隊長の肌が荒れているようには見えない。フェリス殿も同じことを思ったのか、一瞬だけ目が合った。取り敢えず効果の程はさておき、冷えた水分というだけで嬉しい。

「これ幾らでした？」

「水筒込みで五百ベルだったよ。中身だけなら二百だと」

「安いですね。もう一杯行こうかな」

フェリス殿はカロが気に入ったらしく、俺と隊長の分も抱えて店まで歩いて行った。彼の背が曲がり角で消えたのを見計らって、隊長が俺に向き直る。

「……で？　本当は何で遅れたんだ？」

「別に嘘を吐いてはいませんよ。大体にして、こんな装備でまともに走れますか」

移動のことをまるで考えていない、正装としての全身鎧。訪問先が侯爵家でもなければ、絶対に持ち歩かない逸品だ。

脱いで背嚢に入れることも考えたが、それはそれで後ろの重みが増して走り難い。結局邪魔になるのなら、装備した方がまだ楽だと判断した。

隊長は俺の返答に眉を寄せる。

「それは……まあ、そうだな。でも、何かあっただろう？」

「無くは無いですが、そう大したことではありませんよ」

フェリス殿は隊長を手元に置くことを否定せず、必要とあらば国を捨てるとさえ言った。あれは一人の男が自分の能力を計算した上で、真っ正直に出した答えだ。それを他ならぬ隊長に、軽々しく告げようとは思えなかった。

俺は首を横に振って、言えることだけを続ける。

「助言を受けたんですよ。俺は中央の貴族を、ただ鬱陶しいだけの邪魔な連中だと思っていました。実際、今まで散々足を引っ張られてきましたからね。しかし、フェリス殿は利害が一致するのなら、協調する方法もあると教えてくれたのです。隊長を解放するにはそれが一番早いと」

「私達には無い発想だな」

「はい。……これは恨み言ですが、隊長は何処ぞへ行くというのに、その後の展開を考えている様子が無かった。どうしたものかと困っていたら、機転の利く男がいましてね。話し込んでいる内に、少し長くなってしまったんですよ」

俺は苦笑いを浮かべる。隊長は静かに目を閉じ、細く息を吐いた。その表情は穏やかで、けれど少しだけ頬が紅潮している。

「……ジグラは反対すると思っていたよ」

「賛成した覚えはありません。というより、こちらが何を言ったって、意見を変えるつもりも無いでしょう」

「そうだな。私が自分で決めたことだ」

人より多少裕福に生きようとして、縋（すが）れるものが己の肉体しか無かった平民上がりの俺達に、近衛の身分は大き過ぎるものだったのかもしれない。

ただ武器を振って食っていければ充分だった。誰かの安全を確保して、たまに褒められると嬉しかった。

　けれど、地位や権力が与えるものは余分だった。

　近衛に思い入れが残っているとしても、もう隊長にとって、現職は重荷にしかなっていなかったのだろう。正直、それくらいは感じていた。

「……次は誰になると思います？」

「お前は不器用だが、隊員を気にする意識がある。私としてはお前を推したい」

「真っ平ですよ、あんな仕事。言っちゃなんですが、よくあの立場を続けてましたね」

　こちらの返答に、隊長は声を上げて笑う。こんなに楽しそうな姿は久し振りに見た。僅かに胸が疼く。

「暫（しばら）くは引継ぎがあるとして、どれくらいで抜けられますかね」

「最短で行きたいところだね。従者が主を待たせるものではないからな」

「そりゃそうですよ」

　近衛であってもその辺は同じだ。大きく息を吸い、溜息に変える。

　隊長は未来を見ている。俺は今しか見えていない。先のことを考えれば考えるほど不安になるばかりだ。

　まあでも――俺は弁（わきま）えている。

手が届かないものも、手に収まらないものも必要無い。

だから、貴女をもう追わない。

やたらと愛想の良いおばちゃんから、飲み物を買って戻る。

昨今の世情に対して不満を述べつつも、大量の果実から中身を吸い出しては冷やすという離れ業を、おばちゃんは延々と続けていた。何故こんなところで露天商をしているのか不思議なほど、水術に長けていた。

専門家の凄みを堪能した。これは話のネタになる。

……さて、そろそろ話は済んだだろうか？

戻ってみれば、そこには腹を抱えて笑うファラ師と、微妙な顔をしたジグラ殿が俺を待っていた。道中でも時間はあるにせよ、二人でゆっくり会話する余裕も必要かと思ったら、想像していない方に話が転がったようだ。

何か起きるかと思いきや、色っぽい展開にはならなかったらしい。

「戻りました」

「おかえり」

「いやあ……あのおばちゃん、とんでもない実力者でしたね」

先程の光景を話すと、ファラ師はしたり顔で頷く。

「ああ、なかなか面白い人だろう？　彼女はこの村の自警団の一人で、元々は中央の研究者だったんだ。座り仕事で腰を悪くして、故郷に戻ったんだよ」

「なるほど。やけに達者なんで、感心しましたよ」

それなら納得というか、そうでもないと説明がつかない技術だった。全く強さを感じさせない辺りが尚更に恐ろしい。

ともあれ、人材が豊富であることは良いことだ。俺は頭を切り替え、二人に補充した水筒を渡す。

「それで、お二人はどうします？　俺はここで一泊して、それから特区に向かいますが」

「私達もそうしたいところではあるんだが……まあ、お偉いさんが喚いているだろうからね。少し休んだら、先を急ぐことにするよ」

「別に近衛を必要とする状況も無い気はするんですが」

「実際ありませんが、責任者不在の状況を続けたくないのでしょう。王族によってはお気に入りを指名する傾向もありますし」

ああ……。

うんざりした気持ちになる。先程の会話からすれば、ファラ師が呼ばれる理由はそれが一番大きいのだろう。彼女がそんな状況から、一刻も早く離脱することを祈るばかりだ。

ジグラ殿も思うところがあるのか、渋い表情をしている。

「まあ、已むを得まい。それだけ腕を買われているということだ。……振るう機会の無い腕に、どれだけの意味があるかはさておきね」

苦笑して、ファラ師は鞘を叩く。

俺とやり合った時の感触からして、ファラ師はやはり現場に出たい人間のようだ。思えば、ミル姉といいジィト兄といい、現場に出たい人間ほど上に立たされている気がする。適材適所ということを考えれば、管理職と現場を分けた方が本人達にとっても良い気はするのだが……腕や経験が無い者に、武人は従わないか。

ままならないものだ。

状況を嘆いてもどうしようもない。取り敢えずお互いの日程をすり合わせ、連絡方法を決めた。安心と安定の組合便だ。

「特区での見聞が終わったら中央に向かうつもりですが、状況が悪いようなら教えてください。なるべく中央に目をつけられないよう動きますので」

「それは構わないよ、君に迷惑をかけるのは本意ではないしね。ああ、関係が悪いとか、そういう注意すべき家があるなら事前に教えて欲しい」

「……いや、明確に誰ということはありませんね。ただ、うちを辺境人だの蛮族だのと貶めたい連中はいるみたいです。面倒なんで適当に流していますが、俺が絡まれるとしたら、それくらいかと思います」

しかもそういう奴に限って、権力はあっても強度が無い。魔術弾を撃ち込めば粉微塵になりそうな癖に、粋がるのは止めていただきたいものだ。人殺しが良くないという程度の倫理観はあっても、それは己の無事を確保してこその話であり、俺はいざという時に手加減出来る人間ではない。

……まあ、その手の連中は不愉快なだけで、今回気にする必要は無い。むしろ注意すべきは、ファラ師の進退絡みでクロゥレンに目をつける人間の方だろう。ジグラ殿は先程話をしたこともあり、その辺を危惧している筈だ。

「因みに、今回の件でクロゥレン家に絡んできそうな連中はいますかね？」

「正直、読み切れませんな。王族の誰かが配下を動かし、干渉してくる可能性はあります」

「間違ってミル姉やジィト兄をその気にさせれば、問題が大きくなりそうですね」

あの二人は王族への敬意など持ち合わせていない。不当な対応を命じられれば、全力で抗うことだって有り得る。

ジグラ殿は悩まし気な声を上げた。

「ううむ。クロゥレン家の方々は、周囲に理解されていないのかもしれません。中央に寄り付かない所為で、実力を知らない者が多いのでしょう。魔獣と日々対峙している人間が弱い筈がないことくらい、ちょっと考えれば解るのですが」

「そんなに頭が回るなら、そもそも喧嘩を売ってこないでしょう」

「ええ、だからこそ我々も苦慮しているのです」

こちらで言ったことではあるものの、貴族を味方にしろ、というのは言い過ぎだったろうか。いやしかし、それくらいやってもらわねば、ファラ師の離脱が難しくなる。ここはジグラ殿に頼るしかない。

「ジグラ殿、もしも武力的な面で不足があれば、中央の第三区に私の師匠の工房があります。どうしようもない時は、私の名前を出し協力を仰いでください」

「フェリス殿の師匠ですか。名は？」

「ヴェゼル・バルバロイと言います」

俺の言葉に、ファラ師とジグラ殿が息を呑んだ。反応が意外で、俺は首を傾げる。

「どうかしましたか？」

「いや……国内最高位の魔核職人じゃないか。我々では軽々しく門を叩けないよ」

「フェリス殿はあの方の弟子だったのですか？　いやしかし、武力で頼る？」

ジグラ殿が大混乱している。まあ確かに、やり合うのに職人を頼れと言うのも意味が解らないだろう。でもそういう人なのだとしか言いようがない。

「力量は保証します。師匠は俺の上位互換というか……ミル姉に勝ったことのある、数少ない人間ですよ」

二人が完全に硬直する。

「ミルカ殿に勝つ……？　私は火球一つ砕くのにも苦労したのですが」

「それが普通だと思います。ただ、やれる人間は意外な所に隠れているものなんですよ」

『王国の至宝』が、一職人に敗北を喫したことを知る人間は少ない。しかし、師匠は総合強度で１４０００超えの、ファラ師に比肩する怪人だ。実戦経験も豊富だし、荒事には滅法強い。

巧く嵌った場合、ファラ師であっても完封負けが有り得るだろう。

「実際に頼る局面があるかはさておき、顔繋ぎくらいはしておいて損はありませんよ。高級素材とか、大量の魔核を持ち込めば仕事は受けてくれます。後は、珍しい魔獣の情報とかね」

俺は持っていた飛針に銘を刻み、ジグラ殿に手渡す。

「紹介状の代わりにはなるでしょう。後のことはお任せしますよ」

「……確かに、受け取りました」

「色々と気を遣わせるな。ありがとう」

「いいえ、構いません。師匠と会ったらよろしくお伝えください」

その後もあれこれと名残惜しく話を続けたものの、日暮れが迫っていることもあり、彼らは出発して行った。遠ざかる背を、手を振って見送る。

次にファラ師に会うのは、早くても一月後だろう。

腰に手を当て、体を反らす。鈍った体のあちこちが軋んだ。

「宿を探すか……」

さっきのおばちゃんなら、宿の場所を知っているだろう。水筒を傾けて喉を潤しながら、さっきの露店に足を向けた。

明日以降のことをぼんやりと考える——祭壇の攻略ねえ。

はてさて、何が待っているのやら。

生きて再会出来るのかも、よく解らない。

住人たち

雨雲が近づいている。

空気が湿り、肌にまとわりつく。相棒が空を見上げ、舌打ちを一つした。山のど真ん中での立ち番——樹々の枝は雨を遮るには頼りなく、交代まではまだ時間がある。

「雨季に入ったかねぇ」

「そろそろじゃないですかね。客が減るのはありがたいけど」

「ハッ、元々大して客なんていねぇだろ」

悪態に思わず苦笑する。確かに彼の言う通りで、前回客がやって来てから、もう何日経ったのかも解らない。特区の門を潜る者など、年に何人いるだろうか。

来客を拒む以前の問題として、魔獣が出る悪路を突破してまで、こんな僻地（へきち）にやって来る者などそうそういない。かつては素材集めと称し、集団が来ることもあったが……今では月に一人か二人来れば多い方だ。

やって来ない誰かを待つ。当番制だし仕方が無いとはいえ、門番の業務ほど退屈なものはない。

——しかしいつもと違い、今日はどうやら当たりの日だったらしい。

風とも獣とも異なる、小さく響く音に目を細める。茂みの奥で何かが揺れている。

首を動かせば、相棒と視線が絡んだ。互いに頷き合い、剣を握る。あまりに久々な出来事で、手が緊張で強張っていた。

番兵の仕事は居住区の安全を確保すること。徒に他者を害さない、しかし抜く時は躊躇わない。決まり文句を己に言い聞かせつつ、相手を待ち構える。

やがて茂みの奥から、水で出来た透明な傘を浮かべた少年が、汗を拭いながら姿を現した。

「こんにちは」

「そこで止まってください。……我々は特区の番兵です。区内への入場を希望される方ですか？」

こちらが武器に手をかけていることを見て取ると、少年はくたびれた笑顔を向けた。そして両手を挙げ、何も持っていないことを示して見せる。武装した私達を前に、緊張も気負いも無い。

武器は腰に棒と鉈（なた）……山歩きをするなら標準的な装備だ。とはいえ傘の出来を見る限り、彼の本業は魔術師だろう。ここまで単身でやって来た以上、道中の魔獣を相手にするだけ

の強度はある筈だ。

　悪意は無さそうだが、印象だけでは判断しかねる。

　相棒は警戒心を露（あらわ）にしたまま、少年の傘を指差した。

「おい、水術を止めろ」

「いやあ、それをやったら濡れちゃうでしょう」

　少年は術を解かず、それどころか私達の上にも水の傘を作り上げる。魔力が流れ、術式が発動するまでの全てを目にしていたのに、全く反応出来なかった。

　……力量に差が有り過ぎる、これは絶対に勝てない。私はすぐさま敵対する方針を捨て、居住まいを正す。

「繰り返します、貴方は特区への入場を希望するのですか？」

「はい。私は魔核加工の職人をしております。聖地と呼ばれるこの場所を、一度訪れたいと思っていたのです」

　落ち着いた、柔らかい言葉が返る。

　特区にある豊富な素材を求めて、一部の職人がやって来ることは確かにある。ただその場合、身の安全を確保するため、護衛を帯同しているのが一般的だ。人が住んではいるにせよ、魔獣が頻出するこの地は決して安全な場所ではない。

何かが引っかかったような、噛み合わせの悪さを感じる。彼は職人にしては強過ぎるし、武人としては若過ぎる。何らかの裏が無いかと勘繰ってしまうのは、当然の流れだろう。

「身分証の無い者はこの先に進むことは出来ません。何か証明となる物をお持ちですか？」

「組合員証では？」

「構いません。こちらに掲示してください」

組合員証であれば、本当に職人かどうかの確認が取れる。持っているなら都合が良い。

少年は懐から証を取り出すと、私達の足元に投げて寄越した。目線を外さないまま慎重に拾い上げ、内容を確認すると、そこにも異様なものが記載されている。

狩猟、解体、調合、調理が第四。魔核加工と錬金が第五。

魔核加工の職人であることは、証の裏に明記されている。表に刻まれた紋も正規のものだ。だからこの組合員証は本物で、彼が言っていることに嘘は無い。

ただ――通常彼くらいの年齢の職人であれば、どれか一つでも第四階位になっているだけで、相当の有望株という扱いになる。

それを六つ？

「……幾らなんでも盛り過ぎじゃねぇか？　どうやって組合員証を偽造した？」

「偽造はしてませんよ。大体、組合員証を偽造出来るなら、それだけで逸失技術の第六くらいは取れるでしょう」

それも正しい発言だ。証は旧時代の発行機があるから増産出来ているだけで、手作りをするようなものではない。もし現代の技術でやろうとすれば、かなりの加工能力を要求される。

却って怪しさは増したが、提示された証拠は全て真っ当なものだった。

相棒は明らかに納得出来ておらず、指先が短剣の柄を忙しなく上下している。けれど、少年はこちらの要求に従い、身分を証明したに過ぎない。不正を明確に出来ないのであれば、止める方が間違っている。

「……身分証と要件は確認しました。中に入りましたら、特区の中央にある赤い壁の建物へ向かってください。特区内では日数に応じて滞在費用を支払う必要がありますので、ご自身の予算に応じて生活するよう留意してください」

もう私達の手には負えない。仮に二人で向かって行ったとしても、まず間違いなく負ける。状況を素直に受け入れ、後は責任者に任せることとした。

私の言葉に、少年は問いを投げかける。

「滞在費って、一日幾らです?」

「基本的には一日二千ベルとなっております」

「基本的にというと？」

「宿泊だけに限った場合の最低額が二千ベルですね。その中に食事等は含まれておりません。素材の買い付けも含め、詳しくは受付でご確認ください」

「なるほど、解りました。そちらに伺います」

納得したらしく、少年は頷いて返した。私は相手に組合員証を戻し、門を開ける。

「ようこそ特区へ」

◇

別に何の嘘もついていないが、相手が不審に思ったことだけは理解出来た。とはいえ、正規の身分証を掲示したのだから、あれ以上俺に出来る対応は無かったと言える。

……男は俺を明らかに警戒していた。今後、何か探りを入れてくるだろうか？

もし強硬策で来られても、対処は出来るだろう。ただし、そうなった時点で特区の利用そのものが困難になる。魔核素材の購入と、何よりもこの近くにあるらしい祭壇の捜索
――これが達せられるまで、揉め事は起こしたくない。

特区は貴族の権限が通じる場所でもないため、周囲に気を配って過ごす必要があるな。

悩みながら足を進めていくと、教えてもらった建物が見えてきた。元々は馬鹿でかい樹

だったらしく、洞を掘って無理矢理内側を使っていることが解る。赤い壁の建物というより、穴の空いた赤い樹に屋根を被せたような感じだ。

木材は幾らでもあるのだから、素直に小屋でも建てた方が良い気もするが、何故こんなやり方を選んだのだろうか。

首を捻りながら中へ入ると、そこには机と椅子が二つずつ並んでおり、一つを背の曲がった老婆が使っていた。俺の気配に気付いて、転寝(うたたね)をしていた老婆が顔を上げる。

「んん～、客かい。よう来たね」

「お休み中失礼します。特区の入り口にいた女性から、こちらへ向かうよう指示されました」

「今日の当番は……エレアとギドか。ええよええよ、そこに座んなさい」

勧められるがまま、空いている椅子に腰かける。席に着いた瞬間、椅子を通じて魔力が体を抜けて行った。魔術に似ているが明らかに違う、であれば恐らく異能。

体調に変化は無い……何を仕掛けられた？

完全に気が抜けていた。遅まきながら、全身に魔力を巡らせ身構える。

「うんうん、面構えがしっかりしとる。アンタいい男じゃね」

「……それはどうも」

自分の行動が攻撃の一種であることくらい、この人は承知している筈だ。俺が警戒したことも察しただろう。なのに、笑ったまま対応を変えもしない。

――敵意は感じず、『健康』も起動していない。ならば直接的な被害はまだ受けていない、ということだ。荒事を避けるなら、ひとまず反撃は保留すべきか？

次の手が読めず、取り敢えず魔術を待機状態のままにして話を進める。

「こちらでは宿泊場所の斡旋をしておられるので？」

「まあそうじゃね。寝床ならいっぱいあるけども、人によっちゃアレは嫌だとかコレがいいとか、要望があるからねえ。どれどれ」

そう言って、老婆は特区の地図と思しき板を取り出した。大き目の一枚板に、何やら様々な記号が刻まれている。

「ほれ、この辺の線で囲まれてるとこ。ここが居住区になっとる。広さはまちまちだけども、基本的には一人で一か所を使ってもらってるね。何処がええ？」

特区に何があるかも解っていないのだから、何処を選べば得なのかも解らない。建物同士もそんなに離れてはいないようだ。

「別に場所は何処でも構いませんが、寝床がちゃんとしている所がいいですね」

「じゃあここかね。ここはあんまり土台が傾いてないから、他よりは寝易かろう」

そもそも床が水平ではないのか。なら最低限、平たいだけで満足するべきなのだろう。

言われるがままに頷く。

どうせ山の探索を暫く続けることになるのだから、体を休められる場所の確保は重要だ。いくら『健康』があるとは言っても、快適な方が良いに決まっている。

「食事はどうなってるんです？」

「居住区脇の広場でなら煮炊きをしてもええよ。作るのが苦手なら、広場の脇には食堂もある。ただし日が暮れれば店は閉まるんで、そこは気をつけな」

「解りました」

調理場があるのなら、久々に調味料作りを楽しんでも良いかもしれない。

最近ずっと忙しかったたし、少しは趣味の時間を取りたいところだ。この山中の何処かに祭壇があるのは確かとしても、どうせすぐには見つからないだろう。目的達成までの間、食を向上させることには意味がある。

「滞在費はここで支払いですか？」

「んむ、そうさね。何日泊まる？」

「ではひとまず三十日で」

「一括なら五万ベルでええよ。ただ、返金はせんからね」

了承し一括で金を払うと、引き換えに紐の絡みついた杭を渡される。杭には溝が彫り込まれており、紐はそこに引っかかるように結ばれているため、簡単には取れなくなっている。

……で、何だこれ？

「入り口の戸に穴が開いとるから、杭はそこに差し込んで、紐を中の柱に括るんよ。誰が入って来るか解らんでな、自分の物は自分で管理しとくれ」

「ああ……」

なるほど、鍵の代わりなのか。杭ごと壊されれば一瞬だが、まあ無いよりはマシなのだろう。中に人がいる、という主張にはなる。

微妙な心持のまま、杭を掌で転がす。後は覚悟を決めて、確認事項を片付けよう。

「そういやお婆さん、ちょっと聞きたいんですがね」

「なんだい？」

待機状態だった術式に、少しずつ魔力を巡らせていく。撤退を妨げるべく、四方を囲むように水を走らせた。

「……アンタ、俺に何をしたんだ？」

指先で机を叩く。ゆっくりと、指を上下させる。十数える間に正しい回答が無ければ
――相応の対処が必要になるだろう。特区の法がどういうものであれ、誰かが俺を助けてくれるような場ではない。泣き寝入りは不利益に繋がる。

老婆は目を細め、何故か満足そうに小さく頷いた。

「よう鍛えとる。その若さで、どんだけの死線を潜り抜ければそうなるのか……いやはや、この婆じゃ相手にもなるまいな」

それは回答ではない。俺は指先の上下を止めない。

「それで？」

「アタシの異能に『危機感知』てのがあってね。対象が自分にとって危険なものかどうかを判断出来る。因みに、アンタとの敵対は避けるべきと出た」

「出会い頭に異能を仕掛けるのは敵対行為じゃないのか？」

「もう十年以上、仕掛けに気付いた奴はおらんかったよ。全く、アタシも耄碌(もうろく)したのかね」

確かに自分で言うだけあって、老婆の魔力の流れは安定している。魔術強度の低い人間では、恐らく何も感じないのではなかろうか。加えて、訪れる人間の多くが職人であることを考えれば、尚更反応出来る人間とは出会うまい。

仕事柄、不穏分子を把握しておく必要もあるのだろう。だからこそ、彼女は異能の行使を日常にしていた。しかし、慣れは行動を安直にし、危機感を薄れさせる。

「世間知らずのガキなんて、どうにでもなると思ったか？　ましてや職人にロクな強度なんてある訳ないってな」

思い込むのは勝手だが、世の中には例外というものがある。そして、自分が狭量だとは解っていても、許すべきではないことがある。

だからここからは交渉だ。

極めて不愉快ではあるものの――ここで住人と事を構えるつもりはまだ無い。では身の安全と引き換えに、相手は何を提示出来るのか？

俺はただ老婆を黙って見詰める。張り巡らされた魔力が部屋の中で層を成している。

「……アンタ、滞在の目的はなんだい？」

「この辺の探索だな。珍しい物も多いようだし、色々と素材を集めたい」

そう。歩み寄ろうとするのなら、相手のことを少しずつでも知らなければならない。

俺の返事に老婆は頷く。

「素材の種類にもよるけども、この辺で取れる物なら提供出来る。山の中は地図を敢えて作ってないんで、採取地を知りたいとなると、大雑把になるかもしれんが……」

「ふぅん、まあ良いだろう。何かあったら頼らせてもらおうか」

他人が得た素材を買い取るのはまだしも、値引きまでは求めない。それで老婆が損をするならともかく、現場で作業をする人間の取り分が減るのは目に見えている。

特区の上役と思しき人間に貸しを作ったし、俺が都合の良い存在ではないと認識させられたのなら、まず満足しておくべきだ。この老婆が何処まで俺を読んでいるか解らないが……手を出すのはまだ早い。

溜息を押し殺す。やはり腹芸は俺に向かない。

「……ああそうだ。素材の話だが、大きさは問わないんで、ある程度まとまった数の魔核が欲しい。宿泊地に届けてもらえるか？」

「あい解った。支払いは品と引き換えでええな？」

「それで良い。なるべく早く頼む」

言い置いて席を立つ。敢えて老婆の様子は確かめなかった。

目を付けられたくはなかったが、仕掛けられた以上、対応せざるを得なかった。ただ、俺自身が強く出るか迷った所為で、半端な遣り取りになってしまった。老婆との遣り取りはなるべく限定すべきだろう。

今後の備えをどうすべきか、悩み事ばかりが増える。

板挟み

番兵が交代する頃合いを見計らって、仕事明けのエレアを呼び出す。

「疲れてるとこすまんね。ちょっと聞きたいことがあるんだよ」

「……あの少年のことですか？」

「ああ、そうだ」

特区が久し振りに迎える客だ、何か聞かれるであろうことは察していたらしい。とはいえ、門前での遣り取りなんてそう細かいものではないだろう。あまり突っ込んだ話は出来ないとしても、アタシ以外がどういう印象を抱いたか把握しておきたかった。

エレアはあれこれと思い出しているのか、眉根を少し寄せる。

「何、そう身構えることは無いさね。アンタがあの男をどう感じたか、それが知りたいだけだ」

「どう、と言われましても。……私では及びもつかない、としか」

「ほう？」

エレアにしては珍しい反応だ。確かに彼女は番兵としては中堅どころで、強度もそれなりのものでしかない。魔術戦でこの婆に及ばないくらいだから、あの少年には届くまい。とはいえ職務に忠実な彼女が、完全に対応を諦めているとは。

「何があった?」

「……出会った時、彼は傘を差していたんですよ」

「ああ、雨が降っとったな。それで?」

森の中を抜けるには不適切な雨具だが、魔術で外敵に対処するのならひとまず理解は出来る。

先を促すと、エレアは僅かに首を振った。

「いえ。水術で作った傘を、ずっと浮かべていたんです。そして、門の前で彼は私達にも傘を作りました。……最初から最後まで動作を全部見ているのに、全く『感知』出来なかったんです」

「ははぁ……そこまでのもんか」

異能を使えば、エレアはアタシの魔術にも反応出来る。しかし、あの少年の魔術には反応出来なかった。ということは、あの少年の魔術強度はアタシよりも遥か上にあるということだ。

「あの若さでそれか、末恐ろしいねぇ。少年の名は？」

「フェリス・クロゥレンと組合員証にはありました。狩猟、解体、調合、調理が第四。魔核加工と錬金が第五。……今思えば、他人の証だったんでしょうか？」

「いや、組合員証は魔力を流せば本人か照合が出来るようになっとる。すぐにバレるところに手はつけんだろう。気になるなら、後で確認すればええ」

どうせ魔核を届けに行くのだし、機会は幾らでもある。

しかし、クロゥレン、クロゥレン……。何か覚えのある……名を聞いたのは、そんなに昔ではないような。

「ああ！」

「ど、どうしました？」

「思い出した、クロゥレンと言えば辺境の新興貴族だよ。守備隊が精兵揃いってことで、一時期噂になっとった」

絶えず魔獣の被害がある地域で民を守り、土地を開拓し続けている連中だ。現場で戦う貴族なら、そりゃあ相応の強度を持っているだろう。

エレアは困惑したような声を上げる。

「ええ？　それなら強いってことは解りますけど……でも、どうして職人としての階位を？」

「あくまで想像だけど、理屈はつく。狩猟やら解体やらは、獣を狩っていれば自然と取れる資格だろう。で、獲物を食うなら美味い方が良いから、調理の腕も磨かれる。調合は……怪我に備えて薬草でも扱ってたんじゃないか？　まあいずれにせよ、生活で必要なことはやればやるだけ身に付くもんだ」

むしろ生活に直結していなければ、そこまで自分を伸ばせないのではないか。フェリス・クロゥレンが嘘をついていないなら、こういう筋道でもなければ人物像の説明がつかない。

幼少期の大半を生きるための修練に費やし、実力を磨いてきたのだろう。なるほど、異能の判断はやはり正しかった。こういう奴との敵対は避け、遣り取りも絞るべきだ。

「フェリス・クロゥレンが来た時、アンタと一緒だったのはギドだね？　少年に手を出さないよう、しっかり言い聞かせな」

「言いましたよ。でも、あの顔は絶対に納得していませんね」

「アイツが納得するかなんて知ったこっちゃないよ。ここには少年に対処出来る人材がおらんのだから、何かあっても止められん」

ここの防衛力など高が知れている。稼げるような特産も無く、人もろくに来ないのだから当然だ。雨季に高位の水術使いとやり合うなど、考えたくもない。

「……ひとまず、直接の問題が起きるまでは放置。これは徹底しとくれ」

「ギドに言ってください。私はやり合うつもりはありません」

それもそうか。

エレアがどう諌めたところで、ギドの性格的に従いそうもない。あの跳ねっ返りにどう言い聞かせるべきか……悩ましい話だ。

◇

部屋で一人、瞑想をする。

己の内に没入し、深奥から魔力を汲み上げ、周囲へ浸透させていく。雨に己を溶かし込み、自他の境界を消していく。

水から地へ、地から陰へ。静かに己を潜ませる。己の領域をゆっくりと広げていく。

世界と一体化する。

普段ならこんなことはしない。しかし、託宣の場が近い所為なのか、胸中に感じるものがある。

考え得る限りの備えをすべきだ、と。

きっと、あの老婆は俺と争う道を選ばないだろう。それでも、他の連中がどう動くかなど解らないし、何か起きてからでは遅い。だから決して手は抜けない。

水か、地か、陰か——領域内でいずれかに触れれば知覚出来るよう、結界を構築していく。一日あれば、特区の居住地を全て掌握するくらいのことは出来る。この行為がただの徒労で済むのならそれでも良い。本気など出さない方が当たり前なのだ。

そうして平和を祈りつつ作業に没頭していると、領域の端に知った気配が触れた。これは番兵の女性の方だな。

瞑想を一度切り上げ、魔力を安定させる。読み取った相手の足取りは少し重い。これは仕事明けの疲れと荷物の所為か。荷物はあの老婆に頼んだ魔核だろう。

気配が部屋の前で止まり、古めかしい扉が叩かれる。

「失礼。フェリスさん、いらっしゃいますか」

「どなたですか？」

「先程門の前でお会いしました、番兵のエレアと申します。イダ特区長の申し付けにより、魔核をお持ちしました」

あの寝こけていた婆さんが、特区長だったのか？　……特区に来る人間は少ないようだし、一人一人と接触出来る場所にいる方が、何かと便利なのかもしれない。

まあ、誰がどの立場でも取り敢えずは良い。俺は腰を上げ、エレアさんを招き入れた。彼女は抱えていた木箱を入り口の脇に下ろすと、やっと解放されたと肩を回す。

「重かったでしょう、お手数をおかけしました」

「いえ、お気になさらず。かなり量がありますけれど、こちら全てを購入ということで良いのですか？」

「ええ、これくらいなら全て買います」

木箱の中には、隙間無く魔核が詰められていた。大きさはバラバラで統一感は無いものの、どうせ変形させる物だ。数さえあれば良い。

滞在中の生活用品を作るだけで、かなりの数を消費すると計算していたが、当面はこれで凌げるだろう。

俺があっさりと全量を買うと申し出たからか、エレアさんは一瞬止まって唾を飲んだ。しかしそれ以上の反応は見せず、ただ頷いて返す。

「畏まりました。十万ベルをお願いします」

「安いですね。ではこちらに」

あの婆さんが気を遣ったのか、相場より多少値が低い。或いは、これがここでの相場なのだろうか。ともあれ、必要以上に恩義を感じることもあるまい。

まとめて金を払い、立ったままのエレアさんに椅子を勧める。彼女は少し躊躇った後で、大人しく腰を下ろした。

……男性の番兵はさておき、彼女とはそうやり合ったつもりも無いのに、警戒されている。

「どうかしましたか？」

「いえ、改めて見れば、随分お若いのだなと。ここに来るまで大変じゃありませんでしたか？」

「ああ……魔獣はそれなりにいましたね」

かなり慎重に言葉を選んでいることが伝わってきて、苦笑を噛み殺す。

客観的に見て自分が怪しいという事実については、もう認めるしかないようだ。成人したばかりの人間が独力でここに辿り着いたという時点で、常識の範疇（はんちゅう）からは外れているのだろう。外敵に備えることを旨とする貴族なら、そう珍しくもないのだが。

ぎこちない遣り取りはすぐに止まってしまう。エレアさんは何処か居心地悪そうに、部屋の中を見回していた。面白い物は何も転がっていない。

「何か気になりますか？」

「すみません、落ち着かないだけです。……高位の水術師を前にしているものですから」

うん？　……ああ、傘を出していたからか。でもそれだけで？

「そんな大層なものでもないでしょう。あれくらいは慣れですよ」

「やれる人間は皆そう言うんです。ギドは、そもそも理解出来なかったようですけど」

ギドというのはもう一人の男のことか。確かに彼は、俺の力量など気にはしていないようだった。

ただまあ強さに応じて通すかどうか決めるようでは、番兵としての役割を果たしているとは言えない。相手のことなど気にせず、怪しいと思ったなら止める。それが番兵として当たり前の所作であり、彼は真っ当に職務をこなしていただけだ。

ふと、不信感に満ちたギドの顔が脳裏に浮かび、疑問が口を衝いた。

「……彼は、俺を特区に入れたくなかったんでしょう？」

「正直なところ、そうですね」

「貴女だって拒否まではしていないものの、納得もしていない。積極的に反対するだけの材料が無いからですか？」

「……そうです」

おや、素直に認めたな。まあ明らかに態度もおかしいし、誤魔化せるものではないか。

口にしたことで覚悟が決まったらしく、彼女は深呼吸の後に口を開く。

「貴方の水術を見て、私では遠く及ばないとすぐに解りました。疑義があろうと止めようがないですし、余程の問題が無い限り、通すしかないと思ったことは事実です」

役職的に褒められたことではない気もするが、かといって命を懸けることでもない。妥当な判断だろう。俺は頷いて先を促す。

「とはいえ、フェリスさんが組合員証を持っていたので、私の中で折り合いはつきました。証が本物である以上、感覚で入場を拒否すべきではありません。私が納得するかどうかは関係無い、というのが最終的な結論です」

なるほど。非常に冷静で、解り易い回答だった。

恐れている人間に本音を話すのは、彼女としてもしんどいことだっただろう。真摯な対応に、俺は頭を下げる。

「失礼、配慮に欠ける質問でした。入場を承認していただき、ありがとうございました」

「いいえ、構いません。……ただ、これはあくまで私の考え方です。ギドは恐らく、違った見方をしているでしょう」

「まだ私の排除を目論んでいる、ということでしょうか？」

エレアさんは否定も肯定もせず、僅かに目を伏せる。

「……特区内で作業に従事する者は、部外者を排除する権限を持っています。基本的に区内で犯罪行為があった場合に行使されるものですが、これは特区長による決裁を要しません。なのでギドがどう出るか、私にも読み切れないのです。特に、貴方はもう魔術師であることが露見していますし、近づけば勝てると思われているでしょう」

管理者側が特区内で起きた問題に対応出来るよう、作業従事者に権限を与えておくことは構わない。しかし向かって来られたら、こちらだって抵抗はする。

ギドの場合、強度が低過ぎて力量差を理解出来ていないだろう。感情に任せて動くと、きっと悲惨なことになる。

気を付けろということなのか、それとも容赦してやってくれということなのか、いまいち解らないが――

「……どうも誤解があるようですね。そちらがどう思おうと、俺の本業は魔核職人です。折角の機会ですし、この辺を探索しながら、モノを作りたいだけなんです。武を職務とする貴方達と張り合いたい訳じゃない」

俺はただ粛々と使命をこなしたいだけで、特区を荒らすような意図は無い。現段階で揉め事を避けようとしているのに、これ以上の配慮を求められるのもおかしな話だ。

身を強張らせているエレアさんに、ゆっくりと語り掛ける。

「争う理由も無いのに、痛い思いをするのもさせるのも、馬鹿らしい話でしょう。仕掛けられなければ、俺からどうこうするつもりはありません。必要なら、そちらで彼を説得してください」

ギドには何の脅威も感じなかった。彼の得意な接近戦に持ち込まれたって、こちらは別に困らない。ただ、だからといって、警告無しで彼を処理するのはあまりに乱暴な対応だ。ギドを仲間と思うなら、彼女らが動いてやるべきだろう。

「仲良くとまでは言いません。ひとまず、穏便な付き合いをしませんか？」

「揉め事を避けたいのは、こちらも同じです。しかし、ギドが話を聞かなかった場合は……」

「それで貴女を責めたりはしませんよ」

そうなってしまったなら、人が一人減るだけだ。

気の毒ではあれど、暴力に訴えるとはそういうことなのだ。俺は何処となく萎れている彼女に陽術を飛ばし、少しだけ癒しを与えてやった。

一方その頃

部下からの面会に応じてみれば、なかなかの厄介事をぶつけられることになった。

「……本気か？」

「大変申し訳ございません。……今後の人事もありますので、まずダライ王子にご相談をと思いまして」

近衛兵隊長であり、国内最強の兵力である人間からの辞職願。

ファラは私に跪き、顔を伏せたままこちらの返事を待っている。どう返答すべきか迷い、ひとまず彼女に着席を命じた。

職業選択は個人の自由だが、あまりに急な話であるため、こちらとしても素直に頷くことは出来ない。認めた場合に失うものがあまりに大き過ぎる。頭を整理する時間を作るためにも、まずは話を聞かねばなるまい。

「ふむ……随分と急な話だな。報酬に不満が出来たか？　それとも職場環境に問題でも？」

「支払いについては、充分過ぎるほどいただいております。職場環境については……ダライ王子が一番ご存知でしょう」

聞くだけ聞いたが、まあ理解はしている。

平民からの叩き上げに対し、上位貴族の目は厳しい。幾ら成果を上げようと良い顔はされず、むしろ妬まれることさえあっただろう。それを理由とするのなら、配置転換をしても良い。

本当にそうであるならば、だが。

今の問答ではっきりした。ファラの心は、既に中央から離れている。だからこそ、揶揄するような発言にも躊躇いが無い。

「……考え直すことはなさそうだな。お前を手放すことになろうとは……王歴を頭から辿っても、これ以上の失着はあるまいよ」

「お戯れを。私がおらずとも、国を脅かす者への対処など容易でしょう」

「冗談で言っている訳ではない。お前は自分で思っているよりも、ずっと価値ある人間なのだ。こうも自己評価が狂うのならば、口だけの文官など遠ざけるべきであったな」

血筋ばかりで実績の無い者ほど、ファラへの当たりはきつかった。部署の管理上必要な人員だったとはいえ、人材としての価値は比べるべくもないというのに。

とはいえ、それも今更な話だ。本音はそうではないだろう。

「それで……実際のところ、何が原因で辞職を決めた？　こちらとしても、周囲に説明をする必要があるのだ。詳しい経緯については把握しておきたい」

「そうですね。事の発端は、レイドルク領に滞在中のことなのですが――」

ファラの口から全てを聞き終えて、私は溜息と共に腕を組む。

なるほど……侯爵家と子爵家の令息を、過失により殺害寸前まで追い込んだか。正直なところ、あまり言い訳の出来ない状況だ。当然賠償が必要になるし、すぐさま謝罪へ踏み切ったのは英断と言える。

　しかしそれで己の首を預けるとは、大胆な真似を。

「侯爵家への補填で私財を失ったのであれば、子爵家の分についてはこちらで支払っても良いぞ」

　恐らくクロゥレン家は国内の貴族の中で、最大の武力を有している。敵対を避ける意味でも、ファラを確保する意味でも、資金投入する意味はある。

　だが、私の申し出にファラは首を振った。

「それでは私が責任を果たしたことになりません。それに、私自身がクロゥレン家に惹かれてもいるのです」

「『王国の至宝』か。彼女はそれほどの傑物だったか？」

　我々は、王族は――主として相応しくはなかったか？　流石にそんな質問は出来なかった。

　ファラは僅かに目を細め、やがて口にする。

「称号に相応しい人物である、と私は感じました。戦力的な面だけではなく、精神的にも強い。また侯爵家に阿（おもね）ることなく、損得で冷静に事を進めてもいました。あの方がいれば、未開地帯など恐れるものではないでしょう」

「そうか。しかし、実際にはフェリス・クロゥレンの配下として収まるのだろう？　不出来とのことだが、それ故に補佐を要するということか？」

「いえ、フェリス様は噂されるような方ではございません。人格的な問題はありませんでしたし、強さについても姉兄と比べられた結果でしょう。そうでもなければ、私も手を誤ることはありませんでした」

ふむ……どう判断すべきか。

フェリス・クロゥレンが弱い訳ではない、というのは真実なのだろう。ただ正直なところ、近衛の採用をする際、彼は一切話題に上がらなかった人物だ。ファラは良くも悪くも真っ直ぐな性格だし、クロゥレン家に対する負い目が、偏った評価に繋がっている可能性もある。

最終的にはファラ自身の選択になるとしても、これまで国に尽力してきた者を任せるに足るだろうか。

もう少し情報が欲しい。このまま、素直に彼女を手放すことは考え難い。

「……なかなか興味深い話をしているようだな」

と、第三者の声に顔を上げる。振り向けば、ブライが扉から顔を覗かせていた。

「お前がここに来るとは珍しいな」

「我々王族の警備に関わる問題が発生したと、影から報告がありましたからね。兄上としても頭の痛いお話でしょう。……ファラ。お前の感情はどうあれ、近衛隊長の辞職をそう簡単に認める訳にはいかん。後任の目途は立っているのか？」

敵対派閥の人間が、親しげな顔を作って私に味方する――ファラの存在は、ブライにとってもそれだけ大きいのだろう。

当たり前の反論とはいえ、いきなり話に割り込まれ、ファラは少し反応に困っていた。

「……現副隊長であれば、誰が上に立っても問題は無いと考えております」

ジグラ・ファーレン、ルーラ・カスティ、メル・リアの三名か。強度だけで言えば、確かに誰が上でも問題はあるまい。

ブライは部屋に入り込むと、空いている席に音を立てて腰を下ろした。

「無難な選択だな。各々を隊長とした場合の利点を、我々に教えてくれ」

質問に対し、ファラは僅かに目を細めて考え込む。

「……ではまず、ジグラ・ファーレン。部下からの信頼が厚い男です、隊をまとめるには充分な能力の持ち主でしょう。次に、ルーラ・カスティ。貴族出身者であるため、他部署に対する発言力があります。交渉事を任せるなら彼ですね。最後にメル・リア。武術と魔術両方に造詣（ぞうけい）が深い人間です。兵力を偏らせず、一定の水準を保ちたいのであれば彼女が最適です」

　我々が三人に対して抱いている評価と、そう変わらない答えだった。直属の上司であれば、違った視点を示して欲しかったが……特に参考になるものではない。ブライも同様の感想を抱いたのか、退屈そうに溜息を吐いた。

「決定を左右するだけのものは出てこないようだな。こちらも答えを出すまでには時間が必要か……兄上」

　目配せに対し、私は頷いて返す。

「已むを得まい。ファラ、貴族家の子弟を負傷せしめたことにより、処分が決まるまで暫く自宅での謹慎（きんしん）を命じる。侯爵家への賠償が済んだ頃、また声を掛ける」

「温情に感謝いたします。お時間をいただき、ありがとうございました」

　跪いて一礼し、ファラが部屋を出て行く。その背中を見送ってから、私はブライへと向き直った。相手の表情には、抑え切れない憤り（いきどお）がある。

「やれやれ……ファラの辞職を、お前は認められないか」

「有り得ませんね。一人で一万の兵とも抗（こう）し得る戦力だ、アレが誰かの手元にあるなど、考えるだけで恐ろしい。強者は国が管理すべきなのです。自由など与えてはいけない」

「まあ……恐るべき力の持ち主だということは確かだな」

人を人とも思わない物言いだが、感覚としては解らなくもない。事実、順位表に名を連ねる人間ともなれば、一人で小国を落とせるだけの力を持っている。己に味方しないだけならまだしも、敵に回れば最悪だ。それなら手元に留めておけ、というのも自然な流れだろう。

しかし、強者とは国家であろうと縛れないからこそ強者だ。圧倒的な暴力は理屈や道理を破壊する。ファラが本気で現職を拒否した場合、我々が持つ権力ではそれに抵抗出来ない。

私なら、そもそも敵対する道を可能な限り避けるが……ブライはファラに対する警戒心が強いということなのだろう。翻って、ファラにはブライから遠ざかろうとする意図が見える。双方の性格からして、相手を危険視するのも当然か。

場を読み違えれば、致命傷となる予感がする。後任の人事を含め、今後の展開を考える。

……良し、決めた。

まず基本方針として、ファラを慰留することはあっても、強引に確保するような真似はしない。互いに思う所があったとしても、最終的に認めて送り出したのであれば、彼女との関係は悪化するまい。長年王家を支えてくれた人間の選択を、素直に応援したいという気持ちもある。

それにこの状況下であれば、ブライは絶対に黙ってはいられない。余計な手出しをして、拗（こじ）れることは目に見えている。相手が勝手に落ちていくのなら、それを止める理由は無いな。各々を敢えて自由にさせた方が、今回の場合は良いだろう。

一度思考を整理し、ブライに問いかける。

「して、お前の主張は理解するが、今後どういう対応を取るつもりだ？」

「知れたことです。ファラがクロゥレン家に下ると言うのなら、クロゥレン家を我が配下に加えれば良い。辺境で燻（くすぶ）っている連中など、こちらの命に従わねば立ち行かないでしょう。ミルカ・クロゥレンを中央に就けても、ジィト・クロゥレンがいるなら領地に問題はありませんしね」

「そうか。まあ……引き留めようとしなければ、ファラが翻意することも無いだろうからな。そこは好きにすれば良い」

「簡単に言いますね。兄上は諦められるのですか？」

「諦めたくはないが、なるべく本人の意思を尊重したいとも考えている。お前の狙い通り、クロゥレン家ごと引き込めるなら望ましい展開ではあるな」

派閥の戦力が偏り、私が狙われる可能性は高くなるが、国家としては有益だ。王国に存在する順位持ちを一手に集められるなら、周辺国家を呑み込むことすら出来るだろう。自身の立場に拘らなければ、ブライに期待するのも悪くはない。

よって、尚更私が動く理由は無くなる。

「ひとまず、お前にはお前の考えがあるだろうし、そこを咎めることはしない。ただ……現実的な話をするが、ファラが駄目だった場合、お前なら後任に誰を選ぶ？」

可能性を断つような発言に、ブライは隠しもせずに顔を顰める。しかし、ここで次善策を捨てるのは思考停止だ。それを本人も自覚したのか、どうにか答えを絞り出す。

「……私ならルーラ・カスティを選びますね。腕で言えばジグラも同程度ですが、それなら文官や貴族と交渉が出来る人間の方が良い。逆に、メル・リアだけは選びません。異民族ですし、あの短気な性格は上官に向かないでしょう」

なるほど。私としてはジグラを推したいところだが……メル・リアについての見解は一致している。彼女は挑発に乗り易く、指揮を任せるには危ういところがある。

私は一つ頷き、話をまとめにかかる。

「よく解った、参考にしよう。……さて、私はそろそろ執務に戻らねばならん。人員の調整もあるのでな、首尾良くファラを引き留められたら報せをくれ」

「ええ。それでは失礼」

話を打ち切ると、ブライはすぐさま席を立ち、颯爽と部屋を出て行った。扉が閉まったことを確認し、私は大きく溜息を吐く。

……普段の遣り取りが嘘のようだ。久々に敵味方の意識無く、弟と会話をした気がする。

ただこの関係もすぐに、険悪なものに戻ってしまうだろう。

ままならぬものだ。

とはいえお互い、手を取り合って仲良く、なんて性格でもない。粗暴で無計画なアイツが何処までやれるか、暫く見物させてもらうとしよう。

ギドという男

あのガキが特区に入って三日が経った。

仕事の合間を縫ってそれとなく監視している限り、メシの時以外、アイツは与えられた部屋に籠っている。他人との接触はほぼ無く、現状問題は起きていない。組合員証を信じるなら、中で何か作っているのだろう。

……ただ、その証が本物であるかが、全く信じられない。

見た感じ、あのガキは成人直後というところだった。それくらいの年齢であれば、第三階位を一つ持っているだけで充分自慢出来るものだ。第四階位以上を複数所持しているなんて、そうそう有り得ることではない。

あまりに出来過ぎている印象。証を改竄しただとか、そっちの方が話としては自然だ。

創作だなどと適当なことをぬかしているが、アイツはきっと、何か他のことを企んでいる。とはいえ強引に排除しようにも、引き籠りが相手では理屈が立たない。

……外にも出ず、一体アイツは何をしている？　特区に入ったとして、そこから何を狙う？　この退屈な森の中に、価値ある物など存在するか？

疑問は幾つも浮かぶものの、何一つ明らかにならない。

いつでも対応出来るよう、食堂の片隅で水を飲みながら、黙って居住区を見詰め続ける。

今日もフェリスは動きを見せない。

「……またここにいたの」

「ん？　ああ、エレアか」

声に振り向けば知った顔が、俺を醒めた表情で見据えている。警告を無視して、監視を続けていることが気に入らないらしい。

エレアは俺の向かいに腰掛け、唇を尖らせる。

「実害が出るまで彼のことは放置する。特区長からも指示があったでしょう」

この数日で何度も聞いた言葉だ。俺は溜息でそれを肯定する。

「あったな。ただ、食堂の利用まで禁止された覚えは無いね。俺が何処で休憩しようと勝手だろう」

「水だけ飲んで金を落とさない奴は客じゃありません。食堂に迷惑です」

「最近は毎日ここで食ってるけどな。まあ、他にも頼めってんならそうするよ。おばちゃん、カロ残ってたらくれ！」

「あいよぅ！」

おばちゃんがカロの実を俺に向かって放り投げる。何故か二つ飛んで来たので、潰さないよう両手で優しく受け取った。二つは食い切れないため、片方をエレアに押し付ける。

しかし……婆の指示とはいえ、コイツも損な役回りだ。自分の仕事が終わったのなら、無視して休めば良いものを。

エレアは不満げにしつつもカロに齧りつき、溜息を吐く。

「気になることは仕方無いとしても、何も起きないうちに手を引いた方が良いですよ。貴方じゃ彼に勝てませんから」

忌憚（きたん）のない意見をどうも。その言葉を鼻で笑う。

「ハッ、やってみなきゃ解らんだろうよ。魔術師が相手なら、近付いちまえば良いだけのことだ」

魔術に長けた人間は、どうしたところで接近戦に弱い。どちらにも対応出来る人間など、俺はエレアくらいしか知らない。

しかし、当の本人は頭を抱えていた。

「……一応言っておきます。貴方、私とやって勝ったり負けたりでしょう」

「まあそうだな」

俺らの総合強度は大体似たり寄ったりだ。どちらかと言えばエレアの方は魔術寄りで、俺が武術寄りという程度の差だろう。

嘆息と共にエレアは続ける。

「私とフェリスさんがやり合った場合、百回やって百回私が負けます。まぐれも奇跡も起きないでしょう。……これで解ってもらえないのなら、もう言うことはありません」

反論の言葉が詰まる。エレアがそこまで言う相手か？

思考を巡らせかけたその時、ガキが入っている部屋の杭が抜けた。

扉を見て、エレアの顔を見て、どう動くか迷い――俺は腰を浮かせた。エレアはカロの残りを口に放り込み、振り向かずに食堂を出て行く。

ここまで来て、自分を曲げる訳にはいかない。

おばちゃんに金を払い、釣りも受け取らずに俺は飛び出した。

◇

領域の展開は概ね終わった。瞑想と魔核加工を繰り返す日々は、久々に身の入った鍛錬となった。ここ最近は『健康』に魔力を回してばかりで余裕が無かったため、ようやく調子が戻った感もある。

やはり、人間は適度に行動しなければ鈍ってしまうものだ。魔力は復調しつつあることだし、次は体力を取り戻していきたい。

そうなれば、ちょっとした散歩から始めるのが、気分転換としても良いだろう。託宣を受けられる場所を探すため、山中を調べる必要もある。日が暮れて門が閉まる前に、少し外を歩いてみることにした。

「お疲れ様です」

「おう、出かけるのか？　地面が滑りやすくなってるから、注意しろよ」

「ありがとうございます、気を付けます」

見知らぬ番兵に礼を言って居住区を抜ける。

樹々に包まれた空間は、何処かしら空気が濃い感じがする。森を取り込むように深呼吸をして、四肢に魔力を巡らせた。何度か地面を蹴り、軽く跳んでみる――確かに足場は悪いものの、これくらいなら充分対処は出来る。

靴底の魔核を尖らせて、滑り止めの鋲を作る。改めて何度か足踏みをし、支障が無いことを確認して歩き出した。

さて、改めて周囲を見てみれば……あまりに森は広大で、何処から手をつけたものか迷ってしまう。ひとまず探索の拠点となるような場所が無いかと、適当に藪を掻き分ける。

そして掻き分けつつ、溜息を吐いた。

「うーん……」

無視すべきかと悩んだが、どうにも自分を誤魔化せなかった。まるで隠れていない気配が、一定の距離を保って後ろをずっとついて来ている。尾行というにはあまりに露骨で、不快よりも困惑が勝った。

エレアさんはギドを説得出来なかったらしい。今日のところは単なる散歩だから良いが、どうすればあの男は満足するのだろう。

取り敢えず対応を保留し、足元を這い回っていた小型の魔獣を水弾で撃ち抜く。少し大きめの鼠といった感じの姿で、クロゥレン領にはいなかった奴だ。名前も知らなければ、食えるかも解らない。

死体を引っ繰り返して口を開けると、鋭く、硬い歯が並んでいた。一本を圧し折り手近な樹をなぞると、白い線を残して表皮が削れる。ある程度頑丈だし、彫刻なんかに使えそうだ。

ひとまず歯と魔核を回収し、残りは土に埋める。特区でどんな需要があるか、誰かに聞いてから動くべきだったな。

思い付きで動いているのだし、今日のところは仕方が無いか。次に来る時は、食える物の情報くらいは仕入れて来よう。

そうして居住区から少しずつ離れるよう、暫くの間気儘に歩き回った。わざと背後への警戒を解いてみたり、携帯食を口にして隙を見せたりしたものの、ギドはこちらに手を出そうとはしない。

流石にあからさま過ぎるだろうか？　ああも下手な尾行をするくらいだから、喜んで食い付くと思ったのに。

誘いに乗らないことに首を傾げつつ、足を進める。頭上の枝から鼠モドキが二匹降って来たので、水で覆って溺死させた。雨季になると水術の行使が楽で良い。

魔核を抉り出し、一つ息を吐いたところで、異様な空気に手を止めた。

「……ん？　何だ？」

顔を上げ、目を細める。右手側の茂みの奥に奇妙な気配が一つ、いきなり現れた。途端に気配は急速に膨れ上がり、重く巨大な圧となって場を支配し始める。

強烈な存在感――これはかなりの大物だ。

恐らく森の主か、それに並ぶような上位の魔獣だろう。これだけの圧を持ちながら、今までそれを抑えていたということは、狩りでもしていたのかもしれない。意図的に気配を殺していたとすれば、なかなか厄介な能力を持っている。

感覚的には問題無く対処出来るが……果たして仕留めて良い相手か？　生態系への影響は無いか？　特区内で崇められたりしていないか？

幾つもの疑問が頭を流れる。どうすべきか少し考え、まあやり合う理由も無い、と思い直した。

向かって来ているならまだしも、魔獣は今の所こちらに関心を持っていない。ならば俺が、余所に移動すれば済む話だろう。今日の目的は散歩であって狩りではない。

――と、背中に何かが当たる。訝って振り返れば、血相を変えたギドが樹々の隙間から顔を出して、必死に手を振っていた。

声を出さず、唇だけで何かを叫んでいる。

……そこから離れろ？　かな？

ギドの位置からだと、魔獣の姿が見えるのだろう。俺は忠告に従って繁みを跳び越え、彼の傍へと身を寄せる。

「どうも」

「……静かにしろ。牙薙（きばなぎ）に見つかる」

「牙薙？」

「説明は後だ」

二人で並んで藪に身を沈める。その場から首だけを覗かせると、遠ざかる魔獣の尻が見えた。こちらを気にもせず、巨躯を揺らして悠々と離れていく。

安全が確保されて、ギドが大きく息を吐く。

「行ったか……？」

「ああ。こちらに興味が無かったようだね」

圧力を纏ってはいても、無秩序に暴れる様子は無い。喰う物も喰って、腹がいっぱいだったのかもしれない。

濡れた地面に直接腰を下ろし、ギドが頭を掻き毟る。

「……危ねぇ所だったな。あれはこの辺の主で、牙薙って呼ばれてるヤツだ。特区に来た狩人がもう何人も犠牲になってる」

外見を詳しく聞くと、口の右側から一本だけ牙が突き出ている、猪のような大型魔獣とのことだった。主な攻撃方法は牙を利用した突進と首振り。なるほど名付けの通りだ。

体感だと、アレは大角よりもずっと危険な空気を纏っている。そこらの狩人が単身で挑むような獲物ではなく、特区が一丸となって排除すべき相手だろう。

「そんなに被害が出てるのに、アレを狩らないのか？」

「人手が足りねえんだよ。近所の貴族に頼ろうにも、何処も応答無しだ」

「そりゃあ……特区は貴族の管轄じゃないし、当たり前だろうな」

国内にあって、貴族の管理下にない土地が特区として扱われているのだ。強いて訴えるべき相手がいるとすれば、それは王家になるだろう。とはいえ、中央から離れた利益率の低い土地のために、彼等がわざわざ動くかは疑わしい。

話している内に苛立ってきたのか、ギドは掴んだ泥を手近な樹に投げつける。

「そうは言うが、ここから離れて手近な領を襲ったらどうするよ？」

「その時になって初めて対応するんじゃないか。越権行為になるのも問題だし、基本的に貴族は余所の対応はしないよ」

特区だと越えるのが王権になるのだし、尚更放置する一手だ。

となれば、頼れる人間は限られてくる。

「職人は無理としても、それについてくる護衛だとか、他に入区する連中は使えないか？」

「大体の連中は、実物を見ただけで諦めちまったよ。チッ！　どいつもこいつも腰抜けばっかりだ！」

まあ、割と当たり前の返事ではある。自分の実力を把握している人間であれば、敢えて向かって行くような相手ではない。

そして、もう一つ気になることがある。

「なあ。ちょっと教えてほしいんだが……お前、俺のことを嫌ってたんじゃなかったのか？」

木の実を俺に投げつけたのだと思うのだが、それを牙薙へと投げつけていれば、奴は俺に襲い掛かってきた可能性が高い。こちらを殺すなら絶好の機会だった筈だ。

ギドは俺の質問の意図に気付いたのか、忌々しげに舌打ちをする。

「出て行ってほしいとは思っても、死ねとまでは思ってねえよ。大体にして、番兵は区内の人間を守ることも職務の一つだ」

「……おお？」

職務とはいえ、自分が死ぬ危険を冒してまで、俺に注意を促したのか。

正直意外で、虚を衝かれる。コイツさては、融通が利かないだけで根は悪い人間じゃない？

これは俺が思い違いをしていた。それだけの覚悟で職務に殉じているのなら、コイツはある意味本物だ。そこまで体を張ってくれたのなら、ギドに協力するのも吝（やぶさ）かではない。

舌で唇を湿らせる。

「……アイツが邪魔なんだろう？　牙薙をこっちで狩ってやろうか？　俺はどっちでも良いぞ」

探索の邪魔になるのなら、いずれは殺すことになる。

俺の問いかけに、ギドの顔が上がった。

特区の戦力

想像していなかった光景が、目の前に広がっている。

夕食時、食堂の片隅——フェリスさんとギドが向かい合って座り、蒸し野菜の盛り合わせを摘まんでいる。ギドは肘をついただらしない体勢で、フェリスさんは背筋を正して、淡々と食事を続けている。おかしなことに、険悪な雰囲気は無い。

育ちの差は残酷だなと頭に浮かべつつ、慎重に足を近づける。

「こんばんは。珍しい組み合わせですね？」

「おう」

「こんばんは。食事がまだなら一緒にどうです？」

「……ええ、お邪魔します」

私も注文を済ませ、ギドの隣に腰かける。大皿が私にも差し向けられたので、ご相伴に与ることとする。一つを摘まみ上げた時、フェリスさんの横にある小皿に、見慣れない茶色い粉末があることに気が付いた。

「なんです、それ？」

「香草の粉末と塩を混ぜたヤツです。試してみますか？」

「では、失礼して」

聞きたいことは色々あれど、取り敢えず野菜の上に少しだけ振りかけ、口に運ぶ。舌の上に甘辛さが広がり、水気の多い野菜の味が引き締まったように感じる。飲み下すと、爽やかさが鼻に抜けていった。

なんだろうか、派手さは無いものの、普通に旨い。

「……良いですね、これ。肉にも合いそうです」

「気に入ってもらえたなら嬉しいですね。自分の舌だけじゃ解らないこともありますし」

「そっか、調理の第四を持っていましたものね」

なるほど、自作の調味料か。特区の食べ慣れた味ではないため、最初は少し戸惑いもあったが……これは新鮮だ。

どんどん手が伸びる。

「……お前にしちゃ食うな」

「あ、すみません、美味しくて」

「構いませんよ。作るのは簡単ですし」

話し込んでいると、各々が頼んだ料理が食卓へ届けられた。湯気の立つ皿を前に、一礼をして本格的な食事が始まる。場の空気も緩んでいるし、探りを入れるなら今だろう。

「ところで、二人は何故一緒に？」

「ああ、さっき外で牙薙と接触してな」

思わず手を止める。それにしては、二人は負傷していないようだ。フェリスさんが苦笑しながら手を振る。

「戦ってはいませんよ、こっちに興味は無かったみたいです。ただ聞けば、結構アレの所為で被害が出ているとか？」

「そうですね。死亡者が五人、負傷者は二十人といったところでしょうか。特区は人が少ないのでこれくらいで済んでいますが、森の恵みで生きる我々にとって、あれは悩ましいところでして……」

生活のためには、どれだけ危険であっても外に出るしかない。有効な対策を持たない今、私達は牙薙に襲われないようにと、ただ祈るしかない有様だ。

この状況が続けば、やがて特区の住民が干上がるのは目に見えている。手出し無用のお達しがあるとはいえ、正直なところ、優れた魔術師の助力は欲しかった。

「……フェリスさん、無理にとは言いません。可能であれば、力を貸していただけませんか?」

「その辺を今話し合ってんだよ。今までの連中と違って、コイツはやる気らしいが……」

非常にありがたい話であるにも拘らず、ギドはいまいち乗り気ではないようだ。フェリスさんの強さを理解していないから、状況を変えられないと思っているのだろう。これだけの戦力が味方してくれる機会など、今後数年は無いというのに。

フェリスさんは気を悪くすることも無く、平然と返す。

「いやまあ、そっちの希望に沿うつもりなんだけどね。やられた分やり返したい、どうしても自分達で狩りたいってことなら、俺はあまり手を出さない方が良いだろうし」

「……確かに牙薙に対して思うところはあります。けれど、面子より特区の安全を確保することが最優先です。フェリスさんはどういったやり方を想定しておられるのでしょう？」

ギドがどう思っていようと、折角の申し出を断れるような状況ではない。特区の未来のためにも、フェリスさんにとって一番確実な方法を選ぶべきだ。

「一番楽なのは、俺が単独で牙薙を狩ることですね。特区の人員で狩りたいとなると、こちらは自衛の方法を教えるくらいしか出来ないと考えていました」

「やり方に拘りはありませんが、一人で挑むのは流石に危険では？」

「……そうだな。こっちとしても、外部の人間を無駄死にさせる訳にはいかん。お前がどれくらい強いのか証明してもらわんことには、話を進められねえよ」

確かに、フェリスさんの強さは印象であって実際に見たものではない。具体性を示してもらえるのなら、ありがたい話ではある。

フェリスさんもギドの発言には納得するものがあったのか、素直に頷いた。

「じゃあ、どうしようか。食事が終わったら、少し遊んでみるか？」

「へえ？　腹ごなしをさせてくれるってか？」

ギドが好戦的な笑みを浮かべる。フェリスさんはそれを軽くいなしながら、肉に齧りついた。

言われてみれば、強いかはっきりしない人間に、仕事を任せられないのは当たり前のことだ。思った以上にギドが冷静であると同時、俺の気が急いていたのだろう。状況の面白さに、少し興奮していたようだ。

◇

さて、食事が終わり、三人で人気の無い空き地を目指した。普段は集会等で使われているとのことで、催しが無ければ自由に使って良い場所らしい。辿り着いてみると、障害物の無い平地で、稽古に使うのに丁度良い按配だった。

雨で多少地面が滑るものの、そこまでの不都合は無い。

「じゃあどうする？　決めは何かあるか？」

「俺は特にねえな。殺しは無し、ってくらいか？」

ギドは考えるのを面倒がっているようだ。相手が良いなら、こちらとしては構わない。始めようとすると、そこでエレアさんから待ったが入る。

「あ、なるべく大怪我は避けてください。治癒師はもうお休みしていますので」

随分と寝るのが早い。いや、灯りも娯楽も無ければそんなものか？　ともあれまともな治療が受けられないのでは、本腰を入れる訳にもいくまい。

「了解しました。ではやってみましょうか」

棒を取り出し、腰を落として構える。ギドも腰から短剣を抜き、半身で備える。

「エレアさん、貴女は構えなくても良いんですか？」

「……二対一でやる気ですか？」

「それくらい出来ずに、牙薙の相手が務まるとでも？」

俺の言葉を聞いて、渋々ながらエレアさんも山刀を抜く。

二人とも、森の中での取り回しが良い武器を扱うようだ。ただ使い易いとはいえ、牙薙のような巨体を相手取るには頼りなくも見える。たとえ使いづらくとも、アレが相手ならとにかく殺傷力が欲しい。

……まあ牙薙の前に二人を出すつもりはないし、何を使ったところで同じか。取り敢えずお手並みを拝見しよう。

「じゃあ、準備は良いですね？　この魔核が地面に落ちたら開始です」

言い置いて、魔核を宙に放る。球体が地面に触れると同時、ギドとエレアさんが一気に距離を詰めて来た。

魔術師相手なら接近戦――常套手段だ。ただし彼ら二人の武器よりも、俺の棒の方が長い。

「フッ」

エレアさんの胸元を狙い、まずは牽制の一突き。彼女は山刀で攻撃を受けると、簡単に足を止めてしまった。俺はそのまま棒を斜め下に薙ぎ、ギドの腿を狙う。

「くっ！」

ギドはどうにか後ろに跳んでそれを避け、体勢を整えた。

うん……これはちょっと危ういな。

二人とも、兵士としての練度が低い訳ではない。ただ彼らの場合、こんな立ち回りをしていたらすぐに死んでしまう。

何せ牙薙を相手にする場合、相手の重量を受け止められない訳だから、当然防御が許されない。加えて戦場は森の中になるため、傾斜や凹凸のある地形で、姿勢を崩さず延々と回避することが要求される。

訓練とはいえ、手加減した俺の棒術に抗えない時点で、逃走すら難しいということだ。

俺は何をどう告げるべきか考えつつ、二人の呼吸が整うまで待つ。

「接近戦もこなすのかよ……」

忌々しげにギドが俺を睨め付ける。一方、エレアさんの顔には驚嘆の色が見える。二人とも集中してほしい。

「こんなもの、接近戦と言うのも烏滸がましいよ。あのな……参考までに一応言うぞ？

牙薙と出会ったら、攻撃を武器で受けようとするなよ。ギリギリで避けようとせず、不格好でも何でも、まずはとにかく大きく避けろ」

「それだと、反撃が出来ないことになりませんか？」

「反撃以前の問題ですよ。牙薙の体はでかい。俺の棒が避けられないってことは、本番だと喰らってるってことです」

大型魔獣の一撃は基本的に速く、重い。ただし引き換えに小回りが利かないため、避けてしまえば隙もある。だからまずは、安全のためにも回避を重要視すべきなのだ。

俺の意図を察したのか、ギドは目を細めて棒を注視する。

「その棒は……仮想牙薙のつもりか？」

「牙薙というには小さいけど、間合いくらいはな。ひとまず今日の所は、魔術は使わない。突きと横薙ぎだけで相手をするから、奴に襲われてると思ってくれ」

「ハッ、言うねえ……ッ」

呟くなり、ギドが真っ直ぐ飛び込んで来た。俺は胴を狙って突き、相手を横に動かす。そうしたら伸ばした腕を引かず、むしろ体を棒へ寄せて前に出る。

――さっきまで頭のあった位置で、風切り音が響いた。

「えっ⁉」

死角からの奇襲が外れ、エレアさんが驚きの声を上げる。ギドを囮にするという発想はまずまずだった。ただ気配を消し切れておらず、巧い連携にはなっていない。

手の中で棒を滑らせ、振り返らずに後ろを突くと、柔らかい物にめり込む手応えがあった。適当に突いたので、急所には当たっていないだろう。

「カハッ、く、つうっ」

うん、声が元気だ。なら大丈夫。

体を回転させ、遠心力を利用し棒を振り回す。間合いの長い攻撃で、期待通り二人は大きく飛び退いた。

距離を離す癖を強引につけさせているので、この動き自体は正解だ。しかし、二人とも素直に動き過ぎる。

「反応出来る距離を保つのは良い。ただ、それじゃ攻撃が出来ない。武器が届かないなら、どうするべきだと思う？」

「じゃあこうだ！」

叫びとともに、ギドが足元の砂利を蹴り飛ばした。石礫を棒先で叩き落とすと、合わせるように背後から小さな水弾が迫る。そちらは首を傾げて避けた。

ギドを利用するのは良いが、エレアさんはまだ対人戦をやっている節があるな。

「うーん……エレアさん、今やってるのは仮想牙薙ですよ？　目標を俺だと思わず、とにかく強い一発を出せるよう意識してください。ギドが俺を引き付けているうちに、魔力を練るんです。後、ギドも出来れば魔術を使った方が良いぞ。片足だと咄嗟に動けないからな」

ただでさえ俺の攻撃を巧く捌けていないのだから、自分から隙を増やしていくのは愚かしい。

と、そこでギドが構えを解いた。

「……どうした？」

「いや、今更な話なんだが、なんか認識に差がある気がしてな。お前は俺らがどれくらいやれると思ってるんだ？」

「解らないから、取り敢えず色々と試してもらってるんだよ」

「そうか。……あのな、移動しながらの魔術行使なんて高等技術、今の俺らには出来ん」

高等技術……？　魔術兵の基礎教養じゃないのか、アレは？

頭の中を疑問が駆け巡る。

「差し支えなければ、強度を教えてくれないか？」

「俺は武術が２２１４。魔術１４０３だな」

「私は、武術１８７５の魔術２６３３です」

普通だ——喉元まで込み上げた感想を、どうにか堪える。真面目にやっていれば、いずれは小隊の責任者にはなれるかも、といった程度。二人の力量は、ちょっと質の高い一般兵くらいということだ。

これでは、特区の戦力を集めても牙薙を抑えることは難しい。

俺が返事をしないことで、凡そを読み取ったのだろう。エレアさんが少し不満げに口を開く。

「私達では期待に沿えないというのは解りました。フェリスさんの数値はどうなのですか」

「俺は武術が５３７８、魔術が８０４７ですね」

証明のために広場全体を水の壁で覆い、他の区画から切り離してやる。目の前の光景が信じられないのか、二人は揃って絶句した。

……折れたか。この様子では、これ以上続けるのは無理だな。

俺は全員に付着している泥や水気を抜き取り、そのまま地面へと投げ捨てる。

「今日はこれくらいにしとくか。どういう方針を取るにせよ、やり方をもう少し考えよう」

「……そうだな。正直、力不足だった」

意外と素直に、ギドは俺との差を認めた。その事実を共有出来たならまだ良い。

現実的な流れとしては、やはり牙薙は俺が狩り、この二人については底上げを手伝うといったところだろう。まあ、向こう見ずな男をうっかり死なせないこと、これが目標だ。鍛えられる箇所は幾らでもある。

「体も冷えたし、何か温かいものでも飲みに行きます？」

「食堂はもう閉まりましたよ。ギド、貴方の部屋に行きましょう。飲み物は私が持って行きますから」

「俺の部屋かよ……」

意識を切り替え、三人で連れ立って歩き出す。

想像もしていなかった展開になった。色々と思うところはあるにせよ、こんな付き合いも悪くない。

動き始める者達

三人でだらだらと酒を飲んだ後、フェリスさんは自分の部屋へと戻って行った。

ギドと二人きりになって、ようやく私は強張っていた体から力を抜く。飲み会は楽しかった。でもそれ以上に、腹の底に嫌気が溜まっていた。

——何もかもが足りない。

職務に対して、私なりに真面目に取り組んできた。特区での三年間は戦闘も多く、密度の濃い時間を過ごしてきたつもりでいた。一皮剥いてみれば、そこにあるのは自分達が力不足だという現実だけ。

外敵と戦わなければ生きていけないのは、私達もフェリスさんも同じだった筈だ。なのにこの強度差ときたら。

「……及ばないのは知っていましたけど、まさかあそこまでとは」

「二人がかりで、魔術師に武術で負けたとか笑えるな」

湯呑に酒を注ぎながら、ギドが口の端を吊り上げて自嘲する。

数合で終わった稽古を思い返す。正面からの接近も、死角からの不意打ちも、何一つとして通じなかった。普段使っている技術が、全て軽くあしらわれた。

一連の流れで、フェリスさんは危機感を覚えることすら無かったであろう。こちらを見もせずに避け、なおかつ打ってくる。勘なのか読みなのか、いずれにせよ私達は完璧に捉えられていた。

どうすれば良い？

どうすれば、あの捌きを突破出来る？

「顔が固まってんな」

「……悔しく、ないのですか」

「悔しいね。でも、悔しがる以前の問題だろう。単に俺達が弱えんだ」

「解っています」

表情が動いていないことが自分でも感じ取れる。鳩尾の辺りがひくついて、胃の奥が熱い。唾液を飲み込んで、荒くなる呼吸を整えた。

呆れたように私を見ながら、ギドは酒を一口啜る。そして、溜息とともに言葉を吐き出す。

「そういや、本人は金の話をしなかったが……特区からの依頼って形で、フェリスに狩りを依頼出来ると思うか？」

「成功報酬という形でなら、どうにかなりませんかね」

自分で言っておきながら、空々しいと嘆息した。体内の熱が急速に冷める。

私達には裁量が無いし、特区の資金に余裕があるかも把握していない。特区長に頼むにせよ、金額が解らなければ相談は無理だ。フェリスさんに請負額を聞いておくべきだった。

ただ……聞いていたとしても、フェリスさんの実力を知らない連中から、支払いに関する賛同は得られないだろう。牙薙に対抗するため外部の人間を頼り、結果として特区は何度も失敗を繰り返してきた。新参者が一人やって来たところで、もう誰も結果を期待しない。

瞼の裏に様々な顔が浮かぶ――この狭い土地で、肩を寄せ合って生きている人間。自分がどうにかしなくても、危険はいずれ誰かが排除すると、当たり前に思っている連中。

善人、なのだろう。それでも、彼らが協力してくれる未来が、私には見えない。

特区のためを思うのなら、今すぐにでも住民の説得をして、金をかき集める必要がある。

ギドは湯呑を空にし、決然として顔を上げた。

「取り敢えず、俺は自分の金で、稽古をつけてもらえるよう依頼する。牙薙に手は出せなくても、俺自身が強くなって損は無いからな」

支払いで揉めて、フェリスさんが討伐から手を引いてしまうことは有り得る。そうなれば特区はもう終わりだ。だったらギドの言う通り、自分の底上げだけでもしておくべきか。

「じゃあ、私もそれに倣います。もう少しマシになりたい」

金で足りなければ物、物で足りなければ体だって良い。払えるものはなんだって払う。どんな手段でも良い。とにかく、弱い自分が許せなかった。

◇

ギドの部屋を出ると、外は生憎の空模様だった。

小雨を魔術で遮りながら、自室へゆっくりと歩いて戻る。その最中、揺蕩(たゆた)うような気配を感じ取った。こちらの存在に反応して、気配を押し殺したような印象を受ける。

酒が入っている分、自分の性能はいつもより落ちていることを念頭に置く。手加減出来る自信が無い。それでも体は緊張することもなく、自然体を維持出来ていた。

……恐らく二人、だな。どう動くだろうか。

一人目は上。風術によって空に浮いているらしく、魔力が小刻みに放たれている。距離があるため目視はされ難いが、利点としてはそれだけだ。遮蔽物も無い空間に身を晒すなど、本気で隠れようとする人間のやることではないため、いまいち脅威を感じない。

二人目は背後。こちらは本気で隠れようとしているらしく、足取りが慎重だ。建物の陰などを利用して、常に一定の距離から俺を監視している。

さて、どういう対処が適切だろう。気を抜いていると見せるべく、欠伸を噛み殺す。

それなりに気分良く飲んでいたのだし、血生臭い真似で余韻を打ち消したくない。そもそも区内で殺人を犯したとして、怪しい気配を感じたから、では言い訳にならないだろう。ここはやはり、穏便な手段を考えたい。

出方を窺おうと、俺は普段通りに足を進める。調子に乗った後ろの気配が、少し距離を詰めた。

探知のために広げた魔力を欺くほどではないが……隠形そのものは巧い。こんな戦力があるなら、俺よりもむしろ牙薙を監視させた方が良いだろうに。

敵は何を狙っている？　特に行動を起こしていない俺に対し、探りを入れるのは何故だ？　というかよくよく探ってみれば、上空の気配はあの婆じゃないか。あれだけ遣り取りをしたのに、まだ仕掛けてくるとは恐れ入った。

苛々が募り始める。自分で決めたことを翻すべきか、真剣に考える。

落ち着け——目的も果たしていない状態で、特区の責任者に手を下す訳にはいかない。婆を狩るのは最後の手段だ。だから選ぶべきは関係を維持しつつ、それでいて警告するような、そんな方法。

「ふぅ……」

酔いの所為か、些か短慮になっている。少し真面目にやろう。

道中で買った水筒を取り出し、カロの果汁を飲む。気が緩んでいるように見せつつ、『健康』で酒精を分解していく。

さて。

婆はさっきから動いていない。空中にいる以上、こちらからの接近は難しいだろう。ならば狙うのは後ろの気配だ。どうやら我慢が利かないようだし、その性格は利用出来る。

尿意を催したように体を震わせ、角を曲がる。敵の視界から、俺の姿が一瞬だけ外れる。

それと同時、すぐさま足元に泥濘を作り、小走りで距離を離した。足音が早まったことには気づいている筈だ。

尾行をする人間は、相手の姿を見失うことを恐れる。さあ、俺との距離がどんどん開いていく。ではそこで、慌てて跡を追えばどうなるか。

「……ッ！」

どうにか声は抑えられたらしい。しかし、足を滑らせ宙を泳いだ体は止まらない。泥の中に全身で飛び込むようにして、追手が激しい音を立てた。

おやおや、誰だか解らないけれど、気の毒に。

俺は来た道を戻り、泥だらけの可哀想な男に近寄る。水術で顔の汚れを落としてやると、全く知らない人間だった。少なくとも、特区で見たことのある奴ではない。

「大丈夫ですか？　立てますか？」

俺の問いかけに、男は顔を歪める。体が痛むのか、それとも単に悔しいのか。まあどちらでも良い。大事なことは、首尾良く相手の策を潰したこと。

もう俺に顔は知られてしまった。他ならぬ自分の所為で、尾行を続けることは出来ない。どう出る？

男は一瞬顔を顰めた後、よろけながら立ち上がった。多少体を打っただろうが、要は転んだだけの話だ。大した怪我もあるまい。

俺は相手の反応を待つ。どうやら攻撃の意思は無いようだ。男は少し迷い、俺に両手を差し出して呟く。

「すまない。魔力に余裕があるなら、体も泥を落としてもらえるだろうか」

「構いませんよ、どうぞ」

手から水を放ち、男の体を清めていく。染みは仕方が無いとして、目立った汚れは取り敢えずどうにかなった。

あちこちに水流をぶつけている内に気付いたが、外套で隠れた部分の服の裾に、近衛らしき意匠が僅かに見えた。察するにこれは、婆ではなくファラ師絡みの厄介事のようだ。

そりゃあ近衛の長が、辺境の貴族、しかも領主でもない次男坊の下で従者をやるなどと言い出したら、王家としても背後関係を調べたくなるか。王族からファラ師への執着を聞くに、この推察はきっと外れていない。

内心の溜息を押し殺し、俺は水を止める。

「大体取れたと思います」

「助かったよ。……君は、特区の住人かい？」

「住人ではなく利用者ですね。数日前からこちらに滞在しています」

不自然ではない程度の世間話。相手の態度は落ち着いており、やはり敵意は感じられない。あくまで単なる調査か？　男もこの際、俺の人となりを探ることにしたらしい。

折角なので、俺も相手の立ち位置を探ることにした。

「失礼ながら、居住区内で貴方を見たことが無いのですが……」

「ああ、私は今日着いたばかりでね。初めての場所だしちょっと散歩をしていたら、まあ派手に転んでしまったよ」

苦笑して、彼は濡れた前髪をかき上げる。表情こそ気弱そうに見せているものの、体つきが素人のそれではない。ただ、近衛というには線が細いため、魔術師として活動しているのだろう。

「雨季に入っているそうですからね。地面もこの有り様ですし、やはり街中のようにはいかないでしょう」

「全くだ、来るにはちょっと間が悪かったな」

「ええ。因みに、ここにはどういったご用件で？」

素直に立場を明かすことはするまい。どう言い訳をするのだろう。

男は服の裾を絞り、水気を嫌いながら答える。

「素材採取の依頼があってね。急ぐ物ではないんだが……外に出るならちゃんとした準備が必要だな、これは」

なるほど、そういう建前と。

……もしかして、この男使えるか？

特区は貴族ではなく王家による管理地であり、近衛は王家直属の兵士だ。そして、兵士は民草の安全を維持することが、業務の根底としてある。門外で活動するならば、彼を牙薙にぶつけられるかもしれない？

特区が自力で対処出来ない問題が目の前にある以上、王家の関係者に助けを求めることはなんら不思議なことではない。というより、関係者でどうにかするのが当たり前だ。

牙薙を仕留められなければ、王家の権威がこの地で堕ちる。近衛であることを隠し通せれば良かったが、そうならなかった以上、俺次第で彼は参戦しなければならない立場となった。むしろ本来は指摘されるより先に、積極的に参戦しなければならないくらいだ。

いやあ良かった良かった、こんな所まで来てくれるなんて、仕事熱心な人がいたものだ。

「素材ですか。ということは、牙薙狩りですか？」

俺は喜びを押し殺し、努めて何でもない調子で続ける。

「……牙薙、とは？」

「おや、ご存知ない？　最近この辺を荒らしている大型の魔獣ですよ。犠牲者が出ているので特区も頑張って狩ろうとしていますが、人手が足りないと言ってましたね」

俺は少しだけ笑みを浮かべる。彼は考え込む。

彼が自分の職務に忠実であるなら、牙薙のことを無視出来まい。まして、自分で素材採取をすると言っているのだから、外に出ないのは不自然になる。

まあ、安全を理由に引き籠るなら、俺は大手を振って森の調査に出るだけだ。誰もついてこないのなら、それも気儘で良い。

どちらに転んでも俺には好都合だ。

「まあ、私も聞いただけの話です。居住区の外に出るつもりなら、住人に話を聞いておいた方が良いと思いますよ」

「どうやらそのようだな。色々ありがとう」

「いえいえ。じゃあ、私はそろそろ行きます。そちらもお気をつけて」

「ああ。機会があればまた」

手を振って別れる。

そのまま立ち去れば良いのに、足音はしない。背中に視線が刺さっている。どうにも迂闊な男だ。

俺がわざわざ口にするまでもなく、彼は周囲に近衛であると気付かれそうな気がする。

その時は——精々踊ってもらおう。
自分はどう動くべきかとあれこれ考えながら、今度こそ自室へと向かった。

牙を剥く者達

レイドルク領からミズガル領へ、獣車に乗って戻る。ウェイン様より提供していただいた新人に御者を任せ、寄り道をしつつ気儘な旅を楽しんでいると、何やら邪魔者の気配があった。

遮蔽物の無い一本道。ミズガル領まであと半日といった場所に、二人の影が立ち尽くしている。

装備が良い。そして——立ち姿が良い。雰囲気が素人のそれではない。

私は御者に指示を出し、獣車を止めさせる。

「……お知り合いで？」

「いいえ。でも、私に用があるんでしょうね。貴方はここで待機していなさい」

返事を聞かず、外へと飛び出す。あの見た目で野盗ということも無いだろう。迎撃のために充分な距離を取ったまま、誰何する。

「私はクロゥレン子爵家の当主、ミルカ・クロゥレンです。往来を塞ぐとは何者ですか」

相手は跪くこともなく、姿勢を保ったまま声を張り上げる。

「こちらは王国近衛兵、ネヴァ・シャナンです！」

「同じく、ユール・アノア！　ミルカ殿、貴女には王家への謀反を企んでいるとの嫌疑がかけられている！　このまま我らに同行し、中央で取り調べを受けていただきたい！」

……うん？

何がどうしてそうなったのか、すぐに掴めなかった。が、一拍遅れて理解する。

ああ、ファラ殿の引き抜きの件か。

自分の進退くらい自分で処理して欲しかったが……まあ、ファラ殿は口が回る人間ではなさそうだし、周囲が逸(はや)って妙な判断を下したのかもしれない。

でも、この対応は少々不愉快で――それ以上に心が沸き立つ。

「唐突なお話ね。因みに、抵抗したら？」

「力づくでも」

「あら素敵」

強者としての矜持と傲慢。私に自分の力が通じると、本気で思っている。自信は強さに繋がるし、良いことだ。

意識的に唇を曲げ、彼らに笑いかける。手札を知らない相手との対人戦は久し振りだ。相手が近衛ともなれば、相応の力量もあるだろう。

「因みに、何方がそのような指示を出したのです？」

「第三王子、ブライ・デグライン様です。……ミルカ殿、これは王族直々の召喚です。拒否権はありません」

ネヴァ殿が淡々と告げる。私は笑いを噛み殺しながら、首を傾げて見せる。

「誤解がありますね、拒否なんてしませんよ」

そう、拒否はしない。今後のためにも立場は明確にしておく必要があるし、不当な言いがかりには毅然（きぜん）として対処しなければならない。

両手を広げ、私は彼らに向かい合う。

「召喚には応じましょう。ただ私は潔白であり、強制的に連行されるような謂れはありません。私は私の意思で、独力で中央へ赴きます」

「逃亡すると解っていて、それを許すと思うか？」

ユール殿の発言に、ついに噴き出してしまう。随分と楽しいお話だ。

「つくづく失礼な方々ですね、逃げる必要などありませんよ。それに——木っ端風情の許可が必要だとでも？」

魔力が炎の形で渦を巻く。無数の光弾が浮かび上がり、星のように瞬く。

炎壁で私達三人を外部から遮断し、舞台を作り上げた。相手は未だ抜剣すらしていない。

「力づくと言うのなら、近衛の業前を拝見しましょう。準備はよろしいですか？」

私の問いかけに二人が膝を曲げ、武器を構える。両者ともに長剣か、近衛らしいといえばらしい。しかし、この期に及んでユール殿はまだ言葉を重ねる。

「……無駄な抵抗は止めろ。お前の弟にも追手は放たれているんだ、ただでは済まんぞ」

「弟？　フェリスに？」

「そうだ」

……素晴らしい、面白い。

なんて、愚か！

「クッ、アハハハハ！　アハ、アハハハハッ！」

「狂ったか……？」

目尻に浮かんだ涙を拭う。必要とあらば、フェリスは手段を選ばない。このお坊ちゃん達では、勝負に持ち込むことすら出来るかどうか。

ああ、おかしい。こんなに笑ったのは久し振りだ。

「貴方良いわね。芸人になりなさい、きっと人気者になれるわ」

ユール殿の顔が朱に染まる。こんな簡単に逆上するなんて、とてもとても甘い。

「おいユール、落ち着け！　ミルカ殿、本気でやり合うつもりですか⁉」

「あら、本気なんて出させてくださるの？」

ネヴァ殿も認識の遅い男だ。そんな素敵な体験をさせてくれるのなら、否が応にも期待してしまう。

「フェリスのことならお好きなように。何人出したか知りませんが、近衛の数が減るだけでしょう。それよりも、ご自分の身を心配をすべきでは？」

牽制として、光弾の一つを地面に落とす。爆音とともに平原が陥没した。そして、減った分以上の光弾をどんどん追加していく。視界が魔力塊で埋まっていく様は、我ながら壮観だ。相手が余程悠長でなければ、ここまでの場は作れない。

「落ち着いていて良いのかしら？　早く止めないと、大変なことになるわよ？」

「クソッ、この、狂人が！」

二人の身に魔力が流れる――身体強化か。左右に分かれ、剣を構えて突っ込んでくる。距離を詰めるということは、どちらも武術が得手ということ。

火柱を適当に並べて進路を塞ぐ。わざと開けてある道を、二人は隙と勘違いして抜けて来る。私の目で捉えられるということは、そう大した速さではない。

足元を狙って風弾を放ち、彼らを後ろに吹き飛ばす。派手に転がりはしたものの、二人はすぐに起き上がった。

顔色を窺う。怒りはある。焦りもある。しかし思い切りに欠けている。

なるほど？

「連れて来いってことは、生かして、ってことだものね。……つまらない」

炎刃一閃。

高熱で二人の武器を焼き切り、戦闘を終わらせる。彼らは唖然とした表情で、握り締めた柄を見詰めていた。少し遅れて、炎刃の余波が二人の四肢を焦がす。

喉が裂けるような絶叫が響いた。

……結局のところ、威勢が良いのは口先だけか。ただでさえ格下の人間が、手加減などとは驕ったものだ。

地面をのうたうち回る二人に、秘薬をぶちまけて告げる。

「寄り道しながら伺います、とお伝えください。飼い主によろしく」

全く、無駄な時間を過ごした。

獣車に戻り、茫然としている新人に指示を出す。

「この短剣を持って、ミズガル領のビックス様の所に向かいなさい。便りは今すぐ書くから」

「は、はい」

ジィトとビックス様に情報を与えてやらないと、余計な混乱を招く。要らない手間を増やしてくれたものだ。

――王族であろうと、この借りは必ず返す。

煮え滾る殺意を噛み締めて誓った。

◇

「――クソったれ、やってられるかよ」

自室の床に濡れた服を叩きつけ、大きく息を吐いた。

フェリス・クロゥレンの尾行は完全に失敗だった。解っている、他ならぬ自分の所為だ。不出来と称される、辺境貴族の次男坊など楽に御せると思っていたら……焦りが全てを台無しにした。

疲れていた。暗かった。どれだけ言い訳しようとも、失敗したという結果が目の前には広がっている。

雨が降っていたのだ、足場が悪いなんて見なくても解ることだ。状況が不利なら、相応に慎重であるべきだ。俺はやるべきことを怠った。

濡れて冷え切った体が、不調を訴える。屋内は火気厳禁であると知りつつ、周囲に悟られぬよう、小さな火を浮かべた。

体の表面を乾かすよう、身の回りに熱源を並べる。ついでに湯を沸かし、ちびちびと口をつける。胃の奥が温まり、落ち着きが少しずつ戻ってくる。

己の不明を恥じる。

元より気の進まない任務ではあった。

——近衛を瓦解させるべく動いている、辺境の蛮族を調査せよ。

事実がどうなのかは知らない。本当にそうなのかもしれないし、まるで事情は違うのかもしれない。ただ、第三王子はそんなことを気にしているのではなく、お気に入りを手放したくないだけだ。しかも国のためではなく、自身の欲望のために隊長を確保しようとしている。

腐っているし、狂っている。

それでも……近衛は国のため、とりわけ王族のために存在する。たとえその指示が明らかに狂っていようとも、近衛であろうとするのなら、その言葉には従わねばならない。

理解している。

重々理解している。

生きるためにはそうせざるを得ない。

「やってられっかよ」

こんなに気乗りしない任務は初めてだ。あんな馬鹿の為に、娯楽の一つも無い特区まで来て、この体たらくだ。

任務を投げ出すための道筋を探している。俺は贅沢を望んでいるだろうか？

「あちっ」

ぼんやりし過ぎた所為で、湯で舌を焼いた。没頭しかかった意識が急に浮き上がる。

……そういえば、あの次男坊は、牙薙という魔獣が暴れていると言ったか。

特区の戦力など知る由も無いが、番兵については程度が低いといった印象は受けなかった。彼らで仕留められないということは、相手が余程強いのか、単純に見つからないかのどちらかだろう。

そこまで考えて、腕を組む。

王族からの指示は何よりも優先される。ただし、近衛の身分を明らかにすることは禁じられていない。加えて、王族の名誉を守ることは近衛として当然のことでもある。

解っている。これはやりたくないことから逃げるための言い訳だ。

しかし、魅力的でもある。

あのクソの言いなりになるより、魔獣狩りで命を懸ける方が何倍も良い。どうせクロゥレン家に叛意が無かったとしても、あの男は信じない。期限の定められた仕事でもないのだし、調査を名目にだらだらと帰還を先延ばしにしてやる。

頬を両手で叩き、自分に活を入れる。

決めた。

もう知らん、クロゥレンのことは放置する。任務の失敗を誹られようが、知ったことではない。俺は民を守るために兵士を目指したのだ、ガキの拉致なんて最初から嫌だったんだ。

魔獣をまず探す。方針はもうこれで良い。

寒気に震えながら、馬鹿が今すぐ死にますようにと祈っているうちに、眠りに落ちた。

誉

日々同じ仕事をしているからと言って、同じことだけが起きるとは限らない。

いつものように湧いて出る小型魔獣を間引いていると、横を歩いていたサセットが足を止めた。険しい顔つきで右手側を睨み付け、長剣を肩に担いで構える。

「……ミッツィ隊長」

「ん？　……うん、そのまま待ちな」

言われて私も気付き、短槍を握り締める。

森の中に何者かが潜んでいる。よくよく耳を澄ませば、小声で何やら言い争いをしているらしい。こうも人気の無い場所で、わざわざ声を抑えるような真似をする奴が、真っ当な訳がないな。

明らかな不審人物……何者か。ジィト様は面倒を嫌いそうだが、ここで逃がしてしまう方が厄介だ。最悪は死体を調べるとして、会話が出来るのなら探りを入れておきたい。

「相手が拘束を受け入れるのであればそれで良し。敵対行為に走るようであれば、この場ですぐに殺す。こちらの安全確保が第一だ、相手の生死には拘らない。ってな訳で、行こうかァ？」

サセットが頷いて下がる。私が仕損じた場合、彼女は報告のため迅速に撤退する——いつもの陣形だ。

構えたまま、相手が潜んでいると思われる場所へ、足元の小石を投げつける。

「そこにいるの、出てきな」

「ふむ、流石に気付くか。クロゥレン家の守備隊が優れているという噂は事実のようだな」

「ちょっ、何で出ちゃうんですか！」

大剣を背負った禿頭の大男と、無手の優男が茂みから姿を現す。大男はやる気に満ちていて、優男は明らかに逃げ腰。態度は両極端だが、どうやら二人ともかなり出来るようだ。

舌打ちをする。小狡い盗賊とは違う、本気でやっても勝てるか解らない。

「何者だい？　こんな所でコソコソしてると、魔獣と間違えて狩っちまうよ」

「残念ながら、貴女の質問に答えることは出来ない。ただ、そうだな……強いて言えば、ジィト・クロゥレン殿と本気で勝負したいと考えている者、だ」

男の足先から頭までを見る。口だけではなく、ジィト様の相手になりそうな雰囲気はある。額面通りに受け取るなら、領主代理を殺そうとしている訳だから、隠れて領地に侵入してきたこと自体は不自然ではない。

どうする――ここで始末するべきか？

最近退屈しているジィト様のことだ、コイツを差し出せば、非常にお喜びにはなるだろう。ただ、暗殺者にしてはあまりに堂々としているし、事はそう単純でもなさそうだ。

私にこういう頭を使わせることをさせないでほしい。状況が巧く整理出来ないから。

「フゥ……そっちの男も同じかい？」

「違いますよ！　俺はこんなこと止めて、無事に帰りたいんです！」

「なら帰りな、今なら別に止めないよ。大将は一人でもやるって顔してるしね」

「無論だ。コイツに助力を求めている訳ではない」

なるほど、あくまで挑むのは自分一人と。とはいえ、味方が死にそうになったら、優男も流石に手を出してくるだろう。

ひとまず試すか。

会話が途切れた瞬間、いきなり短槍を突き入れる。大男は寝かせた大剣でそれを受け止め、私と拮抗した。ならばと『剛腕』を起動し、更に押し込む。

「む……ッ」

相手の膝が沈む。穂先を弾かれると確信して、私は槍を引く。振り払うような横薙ぎが、眼前を通り抜けて行った。

異能を使って、ようやく腕力が拮抗する、か。周囲の樹が邪魔をする分、大剣の方が不利ではあるが……余裕を持って勝てる相手ではない。

話が通じない相手でもないし、ここで死ぬより退いた方が良いな。

「隊長とやり合えるだけの技量はあるようだね。来なよ、案内しよう」

「そうか。……貴女が相手でも、楽しめそうではあるが」

「同感だ、私もアンタとやってみたい。でも、私はこう見えて上司想いでね。あの人を楽しませたいって感情もあるのさ」

「難儀なものだな。だが、認めていただけたのなら幸いだ」

口の端を吊り上げて応える。

改めて自覚する――私は殺し合うより一方的に殺す方が好きだ。

だから大成しないんだよなあと内心でぼやきつつ、男に背を向ける。敢えて隙を見せても、攻撃は無かった。

◇

世話になった場所を騒がせるつもりは無かったが、穏やかな決着は望めなさそうだ。私が原因だろうと言われれば、頷くしかない。しかし、自分の意見を翻すつもりも無い。

心身ともに疲労感が強い。

溜息を吐いて、木箱を持ち上げる。レイドルク家への賠償のため、只管(ひたすら)私財を外へと運び出す作業が続いている。運び屋も最初は大仕事だと喜んでいたものの、あまりに作業量が多く、最近は表情が曇ってしまっている。そろそろ別の業者を探すべきか。

ふと気配を感じて振り向けば、自分の肩を槌で叩きながら、ジグラが近づいてくるところだった。

「隊長、二階の角部屋は終わりましたよ」

「雑用を押し付けてすまんな。隣の部屋はどうだった？」

「そこは使用人達がまだ整理してました。仕事道具という話でしたし、彼らに任せるしかないでしょう」

「そうだな……じゃあ次は地下をやるか。武具の類だから、また力仕事になるぞ」

ジグラは肩を竦めると、槌を仕舞う。

「構いませんよ。ただ、あれを全て金に変えるのも惜しい気はしますね」

「まあ良いヤツは現物のまま残すとしても、大半はジェスト様が扱わない類の武器だ。現金の方が扱い易いよ」

レイドルク家なら保管場所もあるだろうが、本人が不在と知っていて送る訳にもいかない。それなら取引先の金庫に預け入れておいて、後で直接渡した方が良い。

少し休憩を挟んでから、ジグラと連れ立って地下へ向かう。道中、彼が思いついたように呟いた。

「そういや、隊長は自分の武器ってどうするんです？」

「私財の全てと言ったからな。衣類は流石に容赦してもらうとして、まあ、暫くは無手でやるしかあるまい」

本業でないとはいえ、武器が無い時の対処法くらい身に付いている。それに逃げるだけなら、武器が無い方が楽だ。

確かに不安はあれど、何も出来ない訳ではない。

私の言葉にジグラは呆れたような溜息を漏らすと、腰に差していた短剣を投げて寄越した。

「この状況で丸腰は許容出来ませんね。取り敢えず、俺の予備でも持って行ってください。近衛の印は入ってませんから、使っても問題無い筈です」

鞘から抜いて確かめてみると、予備と言うだけあって、確かにあまり使い込まれてはいなかった。しかし、見た感じ充分な業物ではある。

ウェイゼル鉱石……かな？　普通に買えば五十万はするだろう。

「いいのか？　高かったろう」

「いや、安物だとすぐに壊すでしょうに。武器防具は確かな物を、というのは隊長が教えてくれたことですよ」

「……そうだな、言ったよ。自分の身を預けるものだから、品質には拘るべきだ。理解してくれなかった奴もいるが……」

「誰です？」

「ジィト・クロゥレン」

そう返すと、彼は何とも言えない表情で黙り込んでしまった。

懐かしい記憶だ。ジィトは戦闘中に剣を折った挙句、素手で最後まで戦い抜いたことがあった。むしろ、素手になってからの方が、敵に被害を与えていた。一般常識に縛られない人間というものはいる。

少しして、クロゥレンの名を聞いたからか、ジグラは足を止めた。

「……今回の件、どうなると思います？」

「どうと言われても、私は辞職の申し出以降、王族と接触していない。第三が何やら小細工をしているらしいな？」

「第三王子はクロゥレン家を掌握するつもりです。ミルカ様を召喚し、ジィト殿とフェリス殿を捕獲、或いは殺害すべく近衛を動かしました」

返答に喉が詰まる。

「……何人動かした？」

「十名です」

近衛にとって十名は決して少なくない人数だ。会話による交渉に徹してくれれば良いが……その貴重な人材のうち、何人が生きて帰るだろう。いや、『至宝』と『剣聖』を相手にして、容赦を期待すること自体が間違っている。

それだけの損失は、王家にとっても痛い筈だ。第三王子は第一と第二に警戒されているというのに、何故好きに行動出来ている？

「現状、第三は放置されているということか？」

「放置というか、本人が気付いていないだけで、監視はされています。第二王子は状況が決定的になるのを待っているようです」

「ハッ、なるほどね」

動向は解った。無駄死にを減らしたい気持ちもあるが、クロゥレン家に仕えようという私が、彼女らの前を塞ぐのは不義理に当たる。

だから、私は止められない。

ひとまずジグラを生かすべく、説明だけはしておくべきと判断する。

「第三は自分に従わない近衛を減らしつつ、クロゥレン家に難癖をつけるのが狙いだな。結果として私を手元に残して、ミルカ様を制御下に置ければ最高だろう」

「……隊長、あの男に狙われてたことに気付いてたんですか？」

「ジグラ、流石にそれは私を侮り過ぎだ」

幾ら女であることに無頓着だとはいえ、あからさまに体を見てくるのだから、私もそれくらいは気付く。閨でも楽しめて警護もしてくれる女なんて、実にあの男好みではないか。

それが鬱陶しいからこそ、王家との接触を業務だけに限ってきた。

驚いた様子のジグラを無視し、そのまま続ける。

「第二の動向は読めないが……彼は日和見主義者だからな。第三の動きを見て、有利な方に味方するだろう。そうだな……近衛を私利私欲で動かしたことを理由に、第一につきそうな気がするな。恐らく、今回の一件で失われる近衛は十名では収まらない。責任を問うには充分過ぎる人数じゃないか？」

「では、指示を受けた奴等が生き延びるほど、第三王子を下ろすことは難しくなる、と？」

下ろす、か。ジグラもなかなかに不敬だ。

苦笑を噛み殺し、私は首を横に振る。もうそんな簡単なところで、話は済まないだろう。

「いや、そんなことは無い。多分――第二も理解していないんだと思うが、ミルカ様は召喚を受けた時点で、王族全体を敵と見做すだろう。中央の連中は未開地帯と接している貴族を辺境人だの蛮族だのと罵り、下に見てきたという歴史がある。中央からの恩恵を得られることもなく、長年虐げられてきた人間達が、王族に敬意を払う理由など無いだろう？クロゥレン家は中央から離反した方が、恐らく利が大きい貴族なんだよ」

むしろ今回の一件で、中央が火の海に沈む可能性すらある。

私は壁に寄りかかり、ジグラを真っ直ぐに見据える。

「だからね、ジグラ。誰につくのかをよく考えるんだ。大事な人がいるのなら、暫く中央から遠ざけた方が良い」

そしてもしも叶うなら、今すぐにでもここから離れるべきだ。お前は人格者であり腕も良い。稼ぎなんて、生きていればどうにでもなる。

だから――身内をつれて、すぐに逃げてほしい。

しかしジグラは、静かに私の忠告を否定する。

「逃げる訳にはいきません。状況を読めず、権威を振りかざすような奴が死んでも仕方が無い。ただそれでも、一緒にやって来た仲間たちを無駄死にさせる訳にはいかんでしょう」

「お前自身が死ぬかもしれないのに？」

「まあ、ミルカ殿に勝つことは出来ないでしょうね。敵対することがあれば、皆を助けてくださいと、土下座して命乞いでもしますよ。気に入らない奴だっていますけど、それでも、俺の部下ですから」

「そうか」

壁から背を離し、地下室の扉を開ける。

落ち着かない呼吸を、どうにか隠した。

そうか。……そうか。

もらった短剣に指先が触れた。

私はジグラを説得する術を持たない。だから、考えを改める。

この男を死なせる訳にはいかない――ミルカ様。場合によっては、貴女より先に王子を狩る。

たとえ国を捨てることになろうと、この男を部下に持てたことこそ、私が近衛として生きた最高の誉なのだから。

吼える獣

――思った以上に厄介だな、これは。

探索を開始してから四日も過ぎているのに、祭壇の手がかりも牙薙も見つかっていない。雨季による足場と視界の悪さが、どうしても無駄な時間を生む。

特区そのものはあまり広くないとはいえ、『観察』を常に全開にするような真似が続けば、やはり消耗が激しい。牙薙と遭遇した時のために余力を残そうとすれば、長時間の探索は出来ない。

悩ましいところだ。湿気で張り付いた髪を掻き上げ、小休止を挟む。

……祭壇については姿形を知らないため、手間取るのは解る。しかし、牙薙が見つからないのは何故だ？　幾ら奴が気配を殺せるとはいえ、四六時中息を潜めてはいないだろう。それに、俺の探知を超えるほどの隠密が可能だとも考え難い。

何か根本的な抜けがあるのか？

調査の基本は目と耳、そして魔力。目は『観察』を使っているし、精度は悪くない筈だ。一方で耳は雨音により、ほぼ機能していない。身体強化を使ったところで、単にうるさくなるだけだ。ならばやはり、消耗を覚悟した上で魔力探知の精度を上げるべきか。

試しに魔力による波紋を広げる。地表に溢れる水分を利用して、情報を吸い上げる。反応を精査する……近くに大物はいない。ただ、精度と範囲を強化した結果、解ることもあった。

一つ、特区には不自然に魔力が通らない場所が点在している。

小さな箇所ではあるものの、探知の結果が返らずに打ち消された感覚があった。祭壇を隠すために、魔力を通さない物質を利用して、上位存在が一捻り加えていると見て良いだろう。ということは、探知が通らず、かつ人が入り込めるような場所に祭壇はありそうだ。

広さによっては、牙薙が塒にしている可能性もある。

消耗が激しくなることを思うと気が遠くなるが、これは参考となるだろう。

待て……ということはもしかして、四日分の探索範囲はやり直しか？　現実に気付いて心底うんざりするものの、いずれはやらねばなるまい。ただすぐ着手する気にはなれないし、取り敢えず再調査は後だ。

そして気付いたことはもう一つ——居住区内では感知したことのない人間の気配が、森の中に潜んでいた。人数は一人だが、あくまで魔力が及ぶ範囲内の話であるため、他にいないとは限らない。気配に覚えも無いし、普通に考えれば、国が寄越した俺の監視だろう。すっ転んだ彼の別動隊として、人員が割かれていると判断すべきだ。

居住区に入って来ないということは、俺を警戒してのことなのか、それとも他に役割があるためか。山菜や肉があるため食い繋ぐことは出来るとしても、雨降りの薄暗い森で、単身持久戦など正気の沙汰ではない。見張り等を考えれば、もう二人くらいはいるだろう。

なかなか迷わしいものの……一応、押さえておくべきか？

魔力探知を繰り返せば、相手に悟られる可能性は高くなる。ただでさえ進んでいない探索を、監視を気にして更に遅らせるのは真っ平だ。

万が一俺に無関係ならば良し、そうでなければ仕留めておく必要があるだろう。

大きく深呼吸をし、泥水を頭から被る。そこから適当に葉っぱを自分に塗し、魔術で陰影を纏って気配へと接近する。王家所属の人間が動いているなら、それなりの戦力が出て来ているということだ。今回ばかりは、殺しを躊躇っている場合ではない。そして、殺す時に痕跡は残せない。

ジェストもこんな気分だったのだろうか？　アイツは今、何をしているだろう。

埒の明かないことを考えながら、足音を殺して走り出す。風術による音の遮断で、ますます神経と魔力を使わされる。相手の姿を視界に捉え、樹の根元へと身を伏せた。

相手は巨木にもたれかかりながら、木の実を齧っているようだった。全力で隠れた甲斐もあって、こちらに気付いた様子は無い。ひとまず顔と気配を記憶し、動向を見守る。

不意を突くべきか？　泥に塗れているし、俺が誰かは解るまい。ただ、尋問中にこいつの仲間が戻ってきた場合、状況が一気に不利になる。情報を得られないことだって有り得るだろう。

不安要素が多過ぎる……迂闊に動けない。

じりじりしたまま息を潜めていると、仲間らしき人間が藪を掻き分けて戻って来た。息は荒く、体中に泥が跳ねている。

改めて確認する。今合流したのが、短剣を持った赤い髪の男。先程からここで待機していたのが、杖を持った長髪の男。双方ともこちらに意識は向けておらず、疲れ切っているのか顔色は悪い。

制圧は可能と判断。会話を把握したい。

様子を窺っていると、長髪が赤髪に向き直った。

「戻ったか、どうだった?」

「ああ。ここから北に進んだところに、湧き水が出ている場所があった。飲み水の確保はどうにかなりそうだ」

これは俺にとっても有益な情報だ。雨水を啜るのは避けたいし、探索時の休憩地点として、頭に入れておこう。

更に会話へ耳を澄ます。

「ナーヴはどうだ?」

「アイツは居住区で情報収集を続けている。補給物資は先程受け取ったが……本当に、俺達は中に入らないってことで良いんだな?」

「ああ、特区を訪れる人間が多すぎても不自然だ。必要に応じて、ナーヴには外に出て来てもらう。初動が揃わなかった以上、そこは仕方が無い」

ナーヴというのが、すっ転んだ男のことなのだろう。彼等が別行動をするのはさておき、折角仕入れた情報を活かせる形になっていないことが気にかかる。巧く統率が取れていない印象。

……もう少し情報が欲しいな。事はファラ師の話だけで収まっていないのか？　赤髪は葉の隙間から空を見上げながら、くたびれた様子で口を開く。

「……なあ、この際不自然でもいいんじゃないか？　物資があっても、このまま居住区の監視を続けるのは無理があるだろう」

「とはいえ、目標に見つかってしまうぞ。任務遂行への影響が大き過ぎる」

「この体制で、任務達成まで保つとは思えない。俺達の本業はあくまで要人警護なんだ。野営の経験があまりに足りていない」

……上からの指示である以上仕方無いのかもしれないが、また随分な任務を与えられたものだ。当人が言う通り、森林地区への潜伏なんて護衛の役割ではない。居住区に戻ればゆっくり休める俺と違い、彼らはどんどん消耗していく。そしてそれに伴い、任務の成功率は下がっていく。

あまり時間をかけたくないという事情が無ければ、何日でも放置するところだ。

男達の間に沈黙が流れる。赤髪が足元の草を毟り、宙にばら撒いた。

「……ナーヴは殺れると思うか？」

小さな呟きが漏れる。長髪の男は少し考え込み、応じる。

「さて。フェリス・クロゥレンを簡単に始末出来る状況なら、その気になるかもしれんが……どうだろうな。居住区内で殺るのはあまりに目立ち過ぎる。そんなことをしたら、馴染みの無い人間が真っ先に疑われるだろう」

それはそうだろうな。そしてその先にあるのは、特区の住民との衝突だ。近衛の力量なら切り抜けられるにせよ、俺一人のために民を害する真似は出来まい。

「そもそも任務とはいえ、目標を殺す理由があるのか俺にはよく解らん。クロゥレン家への対抗手段として、身柄を確保するならまだしも理解出来るんだが……。殺したら『至宝』と『剣聖』が本気になるし、隊長も敵に回るだろう。何も良いことが無い」

「ナーヴがそこまで考えるか？」

「単純な奴だし、考えていないかもしれん。ただ、正直なところ馬鹿げた任務だからな。投げ出す可能性はある。一度全員と相談したいんだが……俺としては、今回の任務を達成する必要は無いんじゃないか、と思っている」

「はあ？　黙って処罰されろと？」

おや、面白い方向に話が転がり始めた。俺にも解るように、もう少し詳しく教えてくれ。

男は樹の根に腰を下ろすと、濡れた額を撫でながら続ける。

「正直に報告すればそうなるな。ただ、任務達成を確認する方法は無いだろう？　全員で口裏を合わせて、フェリスは魔獣に喰われたため帰還した、という形に持っていけばどうだ？　それなら死体も上がらない、俺らは仕事を達成出来たってことになる」

「クロゥレン家と隊長はどうする。フェリスが死んだという話になれば、黙ってはいないだろう？」

「問題はそこだ。どうにかフェリスと交渉して、味方に引き込まないとこの案は成功しない。ただ、順位表に載るような連中と敵対するより、クロゥレンに取り入った方が現実的ではないか？」

ふむふむ、なるほどなるほど。

権力に苦しめられるより、暴力に立ち向かう方が厳しいという判断か。確かに今後のことを考えれば、彼等は俺と交渉した方が死ぬ可能性が低いし、立ち回りとしては理解出来る。まだ殺すには早いかな……少し泳がせるか。

ひとまず判断を保留し、俺は地中へと沈んだ。日が沈む前に戻らないと、門が閉まる。

土竜(もぐら)の気分で、居住区へと掘り進んだ。

◇

気配が遠ざかる、冷や汗が止まらない。それでも俺はやり切った。喉の奥で詰まっていた空気を一気に吐き出し、掌の汗を拭った。震える膝を何度も叩き、己を鼓舞する。

「お、おい……なんだ、どうした？」

「やはり気付いていなかったか。……狙われていたぞ、恐らくはフェリス・クロゥレンだ」

「何⁉」

ガルドが抜剣して身構えるのを、俺は手を振って止めた。

「もういない、警戒しなくて良い」

「何故黙っていた、ここで始末出来ただろう⁉」

「無理だ、初撃で俺かお前のどちらかが死ぬ。『聞耳』で何となくの位置は解ったのに……気配に確証が持てなかったのは初めてだ。あっちはいつでも攻撃出来るのに、こっちは何処に攻撃すればいいのかも解らんのだぞ。アレは『至宝』や『剣聖』とは違う……もしかしたら、フェリスはクロゥレンの暗部なのかもしれん」

それならば、彼が侮られるままにしていたことも理解出来る。闇に潜む者が日の当たる場所に出る筈がない。不出来であるという悪評も、本人にとっては望んだ結果だったのだろう。

あの年齢で功名を求めず、自分を律することが出来るとは。

そして、何よりも恐ろしかったのは——

「異能なのか強度差なのかは知らんが、消える瞬間を知覚出来なかった。それに多分、俺達の魔力も覚えられてしまっただろう。アイツはいつでも、俺達を暗殺出来るようになったんだ。さっき話をした通り、第三のために命を懸けるのは、俺にはもう出来そうもない」

元々、今回の任務は馬鹿げたものだと思っていた。目標の所在も不確かなまま特区に飛ばされ、不慣れな野営を何日も続けさせられる。しかも、任務を達成したとして別途の報酬も無い。

——任務放棄など、近衛なら口にすべきではない。それでも敢えて口にしたのは、フェリスの理解が欲しかったからだ。しかし、ガルドに実感は湧かないだろう。

「……まあ隠密が得意な相手だってことは解った。けどな、俺らとナーヴが合流して、全員でかかればまず殺れるだろう？」

「長引けば長引くほど不利なのに、隠密が得意な相手をどう追い詰める？　お前が言ったことだろう、食事も睡眠も不十分なまま、暗殺を警戒しながらどれだけ生活出来るんだ」

ガルドの発言通り、全員でかかればどうということはない。ただそれは、あくまで戦闘に持ち込めれば、だ。流石にフェリスも夜は居住区にいるとして、全員で攻め入れば目立ち過ぎてすぐに察知される。この距離で消える相手を、位置を把握されたまま仕留めるのは難しい。

俺の説得に対し、ガルドは嘆息する。

「シャスカ、お前とは長い付き合いだし、能力についても信用している。その上で言うが、今お前は弱気になり過ぎていないか？　確かにフェリスは、想定していた以上に厄介な相手なのかもしれない。それに、気の進まない任務だというのも事実だろう。けどな、その気になれないからって任務を投げ出して良い訳じゃないし、俺達は成人したばかりの奴に負けるくらい、能力が低いのか？」

あまりに真っ当な指摘だ。近衛としての矜持が、ただ退くことを良しとしないか。

ガルドの言う通り、俺達の戦闘能力は高い。近衛として採用されているのだから、国内では上位に入る強度だ。負けの想像はつきにくいかもしれない。

どう説得すべきか頭を捻っていると、遠くの方から地面を踏み抜く激しい音と、叫び声が聞こえた。

「……ッ、話は後だ、ガルド！　コルムが交戦している！」

話を打ち切って走り出す。ガルドも一瞬で表情を変え、俺の後を追う。

「……ああクソッ、しまった！　例の魔獣か！」

「何の話だ⁉」

「ナーヴから情報があった。特区の連中が、大型魔獣に手を焼いているらしい！」

「そんな重要なことは早く言え、急ぐぞ！」

身体強化を使い、全速で駆ける。音のする方向へ只管走り、茂みを跳び越える。耳元に届く自分の吐息が荒い。

魔力を杖に纏わせ、いつでも攻撃出来るよう備えた。抜剣したガルドが樹上に跳び、状況を確認する。

「チィ、拙い！　シャスカ、そのまま前に一発！」

言われるがまま、射線を気にせず風弾を放つ。着弾の衝撃で枝が飛び散り、視界が通る。その先には手斧を構えたコルムと、短剣を逆手に握ったナーヴ。そして、巨体を揺らす魔獣が向かい合っていた。

――でかい。

これほどまでに巨大な魔獣は見たことが無い。大人を三人縦に並べても、まだ足りないであろう高さ。そしてそれに相応しい、太い胴と四肢。裂けたような口からは、一本の逞しい牙が横に伸びている。

この化け物にどう対処する？　分厚い皮膚に阻まれ、先の魔術はまるで通じていないようだ。棍棒のような尾が、風を切って振り回されている。

幸い二人に大きな負傷は見られないが、顔にはびっしりと汗が浮かんでいた。距離を詰めると、コルムが俺達を認識する。

「来たか！　援護を頼む、シャスカはもっと離れろ！　ガルドは俺達と一緒にやるぞ！　でかいがコイツは速い、油断するなよ！」

魔獣が首を傾げ、俺に目を向ける。視線が外れた隙に、三人が奴を取り囲む。

コルムは俺の前を塞ぎ、魔獣の盾となるよう位置取った。唾を飲み、俺は魔力を杖に溜めていく。

……全員の呼吸が揃った。

ナーヴとガルドが、魔獣を左右から挟むように短剣を振るう。しかし魔獣は巧みに尻を回し、尾で二人の攻撃を弾いた。そのまま器用に地を蹴り、泥でこちらを牽制する。

並の相手ではない。土地によっては守護者として祀られるような、強大な存在だ。

余計な思考が頭を過ぎる――もしかしてフェリスは、自分が手を下すまでもないと判断し、姿を消したのか？

「シャスカッ！」

はっとして顔を上げる。魔獣がこちらへ突進しようとするのを、皆が足を攻めることで邪魔している。慌てて放った風弾は魔獣の首に当たり、多少身を捩じらせることに成功した。

「良し、続けろ！」

そうだ落ち着け、集中だ、集中しろ。

前衛はしっかり機能している。自分の仕事をしろ。

フェリスへの思考を振り払い、再度魔力を充填する。俺を狙う魔獣が目を細め、瞬間、その巨躯が膨れ上がったように見えた。

いや、違う。

実際に、膨らんでいる。

「なん……っ、シャスカ、逃げろォッ！」

誰が叫んだのか解らない。

魔獣の大口が開かれると共に、今までに聞いたことの無い咆哮が鼓膜を貫いた。

視界が揺れ、四肢の感覚を失う。目の右端に、濡れた石が映っている。俺は倒れているのか？

何だ？

何も聞こえない。

悲鳴

いい加減、ミル姉は遅過ぎやしないか。そう愚痴りながら、今日も事務仕事をする。

農地開拓の申請、新規の食肉加工への資金援助、その他諸々。

理解出来るものは審査するが、いまいち解らないものはそのまま親父に渡している。

元々自分がしていた仕事なだけあって、親父の処理には迷いが無い。

こういう仕事はどうも苦手だ。こうしていると、自分が当主にならなくて良かったと心底思う。

茹だった頭を扇いでいると、サセットが執務室へと飛び込んできた。

「お仕事中失礼します。ジィト様に来客……というか、刺客が来ました」

勢いの割に要領を得ない。そんな奴、来ましたと報告するようなものでもない気がする。

見れば、親父も首を捻っていた。

「サセット、それだけじゃ状況が解らん」

「済みません。巡回中、二名の不審者を発見しました。どうやら未開地帯側から回り込ん

で領地に侵入してきたようなのですが、その内の一名が、ジィト様との手合わせを所望していますｉ

なるほど。

正規の手順で入って来ていないということは、手合わせというより、命を狙って来たということだ。まあそれは解った。

……今日のサセットの同行者は、ミッツィだったか。

「いちいち俺が相手にしなくても、お前らで充分だろ？」

「と、私も思いましたが、ミッツィ隊長は途中で戦闘を止めました。軽くやり合った結果、ジィト様を楽しませる程度には出来ると判断したようです」

「アイツがそこまで言うか。どれ……親父、すまんがちょっと顔を出してくる」

「ああ、気をつけてな」

言うだけ言って、親父はまたすぐに仕事へと戻った。こちらを大して心配していない辺り、らしいと言えばらしい。

俺はサセットの案内に従って、屋敷の外へ出る。庭に辿り着くと、ミッツィに槍を突き付けられている気弱そうな男と、大剣を地に刺して目を閉じている大男が目に映った。

うん、なかなかに混沌としている。

「待たせたな、どういう状況だ？」

「お疲れ様です。そっちの男が、ジィト様とやりたいってことだったんで連れて来ました。コレはまあ、泣き言が鬱陶しいんで黙らせてます」

説明になっているのだろうか。苦笑しつつ、改めて大男を眺める。

身に着けているものは手甲、脚甲、胸当てに外套。物々しいが重装備というほどではない。地面から剣先を引き抜き、そのまま肩に担ぐ様は軽やかだ。武器の重量を苦にしておらず、気力に満ちている。

ミッツィの目は確かだな。良い運動になりそうだ。

「話を聞いていたのではないのか？　武器はどうした」

こちらの格好を見てか、大男が低い声で問う。事務仕事から直行したため、武器も防具もこちらは一切装備していない。確かに、この男が相手なら武器があった方が楽だとは思う。でも多分大丈夫だろう。俺は正直に告げる。

「うん……取り敢えず、準備しないままこっちに来ちゃったからな。まあいいじゃないか、俺を殺しに来たんなら、そっちの方が都合は良いだろう？」

返答に、男は憮然とした表情を覗かせる。ただ、俺の言葉を否定する材料も無かったようで、黙ったまま腰を沈めた。

真っ向勝負を望むなら、わざわざ大変な道を通らず、真っ直ぐ来てくれれば良かったのにと頭を過ぎる。

　コイツの目的はなんなのだろう。まあ、真意はぶちのめしてから聞けば良いか。

「名乗りは？」

「不要。命があれば、その時は答えよう」

　真っ向勝負を望みながら、決闘の形すら取らないか。尚更殺す訳にはいかないな。ミッツィへと視線を投げると、彼女は静かに頷く。

「双方よろしいか、では始め！」

　ミッツィの声が響き渡る。それと同時、俺は男の懐へ飛び込んだ。防具が無い分体が軽い。身を捻り、足元から力を伝わせ、脇腹へ鉤突きを放つ。相手が咄嗟に腕を下げ、拳は肘に遮られる。感触が硬い——服で隠れていたが、関節にも防具ありか。

「ぐうっ！」

　衝撃に声を漏らしながらも、男は片手で大剣を薙ぐ。素晴らしい膂力（りょりょく）だ。身を沈めて避けると、強い風が頭上を吹き抜けた。

　うん、当たったら一発で死ぬな。これなら敵として充分だ。大変よろしい。

　笑いそうになる自分を抑えながら、鳩尾へ直突き。男は剣を盾にし、その一撃を防いだ。

今度は体が揺れない。

体幹も鍛えられている。ならばと再度、同じ場所へ直突き。足を広げ、一歩も下がらないまま男は耐える。

ただし反撃は無い。

「あーあ」

ミッツィの嘆く声。いやいや、そう悲観するものでもない。彼はよくやっている。打撃を受けても姿勢を乱さないことが、彼の鍛錬を証明している。

ただ強いて言えば、なまじ受け止められるだけの体と技術を持ってしまったことが悪かった。押し負けた経験が無いのだろう、彼は相手の攻撃を流すのではなく、まず止めることが癖になっている。

だから、相手を潰すように一撃を重ねる。

剣の中心を貫くように直突き。その先の胴まで打ち抜くように直突き。

直突き、直突き、直突き。

単純過ぎる身体操作。小刻みな衝撃に捕まって、彼は身動きが取れない。迂闊な反撃に出れば撃たれると、彼もそろそろ理解していることだろう。

「ぬ、く、うッ」

少しずつ大剣が下がってきた。腕が限界に近付いているらしい。ならば、そろそろ対応に困って賭けに出る頃だ。

相手の狙いに気付きつつ、それでも俺は直突きを繰り返した。と、単調な繰り返しに合わせて、ようやく大剣が跳ね上がる。

男の全身に魔力が巡る。一瞬の身体強化と同時、こちらの拳を弾いての反撃――

「って、したくなるよなあ」

俺を押し返そうとする手首を掴み、腕を元の位置へ強引に直す。相手の顔が驚愕で染まる。

己の意思に関わらず、再び、男は受けの姿勢に戻される。

「お、あ、アアアアッ！」

悲鳴を上げながら、男が体ごと前進を試みる。俺は直突きの威力と速さを上げて対抗し、それを許さない。

「ほら頑張れ、腕が下がってるぞ！　歯ァ食い縛れ、足に力を入れろ！」

言いながらも打ち続ける。下がったら引き寄せ、逃げることも許さない。お前が折れるまで絶対に俺は止めない。

男が負けを認める頃、大剣は歪んだ棒へと変わっていた。

◇

激しい地響きに、潜行を止める。それと同時、先程把握したばかりの魔力が、薄く霞んでいることに気付いた。

理由は明白。さっきの男達と牙薙が接敵したということだ。通り過ぎたばかりの道を、慌てて引き返す。

この機を逃せば、牙薙を再び捕捉するのがいつになるか解らない。少なくとも、魔力をある程度把握しておかなければ、居場所を辿ることすら困難になる。この広大な森林を、また一人で探すことなど真っ平だ。

ただ――戻るまでに、近衛達が保つだろうか？

近衛の力量は確かだとしても、牙薙とて尋常の魔獣ではない。彼らが殺されれば、中央とのあれこれに関して協調することは不可能になる。全員とは言わないまでも、誰か一人は残したい。

そうこう考えている間に、彼らの魔力はどんどん乱れていく。焦る自分を抑えながら、地上へ飛び出した。そのまま宙へと躍り出し、目標への射線を確認する。

的はでかい。位置さえ解れば、外すことなど有り得ない。

見えた。

戦場に近衛は四人。一人が昏倒、もう一人は右脚骨折で戦闘不能。残る二人の内一人――特区で会った男――は頭から血を流しながらも、昏倒している男を担ぎ、現場から離れようとしている。唯一無事な赤髪の男が、必死に短剣を振るって牙薙の気を引いている。

全員生きてはいるものの、赤髪一人では時間稼ぎすら無理がある。

土手っ腹をぶち抜くつもりで水槍を練り上げ、全力で撃ち放った。轟音と共に水槍が巨躯を揺らし、その身を押し倒す。だが相手はその勢いを利用し、転がってすぐさま立ち上がった。二度三度と足踏みをすると、身を震わせて飛沫を飛ばす。

牙薙がゆっくりと首を傾げ、こちらを認識した。

「チッ、出血も無しか」

分厚い皮に阻まれ、水術の効果が薄い。地術に切り替え二撃目を狙っているうちに、牙薙がこちらに尻を向けた。俺に向かうのではなく、手近な者から仕留めることにしたらしい。長髪達へと狙いを定めるように、奴はゆっくりと膝を曲げる。

拙い、こちらに友好的なことが解っているあの男は残したい。防壁のための魔力を――

「う、うおおおああ！」

叫び声が響いた。暴挙を止めようと、骨折男が、脚を引き摺って牙薙へと向かって行く。

「馬鹿野郎、出るな！」

制止が間に合わない。勢いも力も無い前進を、牙薙の首振りが捉えた。太い牙が骨折男の脇腹を穿ち、串刺しにする。

男の手に握られていた手斧が、吹き飛ばされ樹に食い込んだ。牙薙は紫色の舌を伸ばすと、牙から滴る血を啜り満足げに息を吐く。

……あれは即死だな。削れる処から確実に処理するとは、敵が嫌がることを解っている。

「コルム！　このクソがァッ！」

激昂した赤髪が、芸も無く飛び掛かろうとする。俺は慌てて水弾を放ち、その動きを止めた。

「あァッ!?　なんだテメェ！」

「落ち着け！　負傷者を連れて一度退け！」

岩弾を飛ばして、牙薙の目を狙う。相手は顔に飛んでくる衝撃を嫌がり、小刻みに顔を揺らした。

赤髪は歯を軋らせながら仲間の状態を確認し、それから俺を睨み付ける。

悪いが構っていられない。アイツを前に、視線を外すことなど出来ない。棒と鉈を構え、魔力を練り上げる。

「早く行け、何のためにあの男が犠牲になったと思ってる！」

「うるせえ！　そいつは俺が狩る、待ってろ！」

解ったからとにかく退け、こちらにも余裕が無い。

俺の返事が無いことを知ってか、赤髪は舌打ち一つで戦場から離脱する。追い縋ろうとする牙薙の横っ面に岩弾を当てると、奴は血走った眼をこちらに向けた。

良し、釣れた。

遠ざかる背を見送りつつ、牙薙へ牽制を飛ばす。目や耳を狙うと、相手はあからさまに嫌がる素振りを見せた。皮膚で防げない場所は、やはり耐え難いらしい。

さて、これでようやく戦える。

前衛が欲しいのは事実としても、それは腕が信用出来る場合に限る。連中を守りながらの戦闘より、一人の方がずっと楽だ。

「やれやれ……」

独りごちる。遺跡と牙薙、二つの目標のうち、一つが想定より早めに決着することになったと思うべきだろう。

雨は降り止む様子も無く、日も落ちつつある。地面は泥だらけで、乾いた場所など何処にも無い。

逃げた近衛の気配も知覚範囲からは消えた。手札を伏せる理由も無くなった。

握り締めた棒と鉈を組み合わせ、薙刀（なぎなた）を作る。地、水、陰が俺の思うがままに渦を巻く。

——俺を狙ってきた奴だし、誰なのかも正直よく解らん。だが。

「畜生風情が、人様をおやつにするんじゃねぇよ」

腹が立って仕方が無い。

未だに亡骸をしゃぶり続ける牙薙を、泥の沼が取り囲む。

「ゴ、ゴオッ!?　バアアア、オアアッ！」

環境の変化に戸惑ったのか、野太い叫びを上げ、牙薙が四肢へと力を込め始める。俺はそれを眺めながら、沼へと毒液を注ぎ込む。

「久し振りに全力だ。ぶっ殺してやる」

その存在を認めない

——誰がこんな身分を望んだのだろう。少なくとも、自分が手を伸ばした記憶は無い。

眠れない日々が続いている。働いても働いても、仕事の終わりが見えない。一つをこな

せば、二つの問題が現れる。

口の中が渇く。霞んだ目に薬液を垂らし、どうにか視界を確保する。

何故、こんな生活を続けているのだろう。

そうして部屋で一人、どうにか執務をこなしていると、いきなり扉が押し開かれた。手を止めて記憶を掘り起こしても、来客の予定は無い。

顔を上げれば、苛立ちを含んだ弟の顔が見える。思わず溜息が漏れた。

「……先触れはどうした、ゾライド」

「失礼、兄上。ですが急ぎの案件がありまして」

取り敢えず、話を聞かねば仕事には戻れないのだろう。先を促すと、ゾライドは息を荒げながら、手近な椅子へと腰を下ろした。

「ブライの奴が、ファラの一件で兄上の裁可も無しに近衛を動かしています。アイツはファラを取り込み、自らの私兵とするつもりです。あまりに横暴だと、近衛達の間にも不満が広がっています」

「ああ、そのことか。気付いているよ。むしろ……そうと知りながら手を打っていないのはお前だろう?」

自分だって王族なのだから、王家として業務に差し障りがあると判断したのなら、命令を却下する権利はある。王子二人の意見に齟齬があり、近衛が判断に迷う形になるのであれば、私か父が結論を出すだろう。

王位を継承する気が無いからといって、自分の権利を行使しない理由にはならない。

ゾライドは歯軋りをしながら私を睨み付け、声を震わせた。

「……私が何もしていない、と？」

「そうだ。近衛が動いて問題があると思うのなら、まず流れを一度止めれば良い話だ。お前にとって深刻に見えるのであれば猶更な。私に意思決定を委ねている辺り、猶予はあるのだろう？」

「ですが、こういった案件は遅れれば遅れるほど——」

「だから、弊害が出ると思ったのなら、まずお前が止めるべきだ。何故そうしない？」

理由は解っている。自分が矢面（やおもて）に立ちたくないだけだ。

状況は見えているし判断に大きな誤りも無いのに、ゾライドは自分で問題を解決しない。

その気も無い者に、王を目指せなどとは思わない。ただ王族として生きるなら、言動に責任を持つべきではある。自身でどうにか出来るだけの権力を持ちながら、具申の形で人を操作しようなど、浅はかなやり方だと言わざるを得ない。

何度目かの失望をする。

臆病で甘ったれた、責任感の無い第二王子。

粗暴で自分本位な、行動力の有る第三王子。

どちらもロクなものではない。

私の質問に対し、弟は口を開かなかった。厭世観に包まれながら、どうにか私は続ける。

「そもそも、近衛は王族の命令に従うことも仕事の一つだ。従いたくないから拒否する、というのは仕事ではない。ブライの命令で士気が下がったと思ったのなら、別の王族が口を挟まなければ事態は変わらないぞ。人員不足が見込まれるような案件が存在しない以上、私が奴の指示を止める理由は無い」

我侭をぬかすな、と言えるのは私達だけだ。なら、そうと感じて不満を抱いた当人が動くべきだろう。

しかしそれでも、ゾライドは動こうとしない。

筆記具を首に突き立ててやりたくなる。

私は立ち上がり、ゾライドの真向かいに腰を下ろす。目を覗き込むと、あからさまに相手は視線を逸らした。決してこちらを見ようとせず、反論をする訳でもない。

一体、何をしに来たのだろうか。

遣り取りが苦痛だ。私はただ独り言を重ねる。

「……遠からず、ファラ本人か、クロゥレン家が動くことになるだろう。ブライには彼女らを御するだけの手札も、正当性も無いのだ。結果は見えている」

そして恐らく、結果が見える頃には相応の被害が出ているだろう。事が動き出した時点で止められなかった以上、それについては諦めている。

諦めたから、大人しく状況を利用することにしたのだ。

「兄上は、何を狙っているのですか」

「うん？　それくらい、お前も解っているだろう？」

ここに至って、まだ言質を取られないようにしているのか？　察しの悪いフリを続けるのも大変だな。

私が状況を放置している理由など簡単だ。

今回の件で、きっと多くの血が流れるだろう。

何故血が流れるのか。

原因は何処に、誰にあるのか。

虐げられ、傷付いた者が多ければ多いほど、その怨嗟はきっと王家にまで届く。その時は、責任を取る誰かが必要だ。

「国に利益を齎さないのであれば――誰であろうとその者は不要だ。違うか？」

弟はやはり答えを返さず、そのまま逃げるように部屋を出て行った。

開け放たれたままの扉を閉め、つらつらと考える。

王族は国家の礎となるべく生を受ける。それを果たせない存在は、人の上に立つべきではない。例外無く排除されるべきだ。今回の騒動は、不要な王族を減らす良い契機となるだろう。

対象となる者が第二であろうと第三であろうと。

そして——父や私であろうと。

◇

怒りに突き動かされながらも、不思議と頭は冷えている。俺がやる気を出したからといって、牙薙が脅威であることに依然変わりはない。

逸（はや）るな——確実にやれ。

とはいえ、悠長にやって相手の反撃を許す訳にはいかない。毒沼で相手の自由を封じつつ、遠距離から仕掛ける。

「まずは……その邪魔な皮から剥いでみるか」

魔術では打撃にしかならずとも、鍛え上げた刃ならば切り裂ける筈。

本能的に毒沼を避けようとする牙薙の太い足に、薙刀を叩きつける。確かな手応えと共に、刃は期待通り分厚い皮膚を裂いた。

「グブゥッ、バアア！」

怒りの声を上げ、牙薙は身を振り回す。暴れた拍子に、牙にぶら下がっていた死体が彼方へ飛んで行った。尾が樹を薙ぎ倒し、破片が眼前を飛び交う。

傷はそれなりでも、やはり簡単に弱ってはくれないようだ。武器の出来以前に、俺の筋力が足りていない。だが多少なりとも通用したのであれば、あの攻撃にも意味はある。

麻痺(まひ)と糜爛(びらん)の効果を混ぜ合わせ、傷口を目掛けて毒液を飛ばす。傷が小さいなら大袈裟にしてやれば良いし、体表で駄目なら奥まで届かせれば良い。毒弾が当たったことを確認し、俺は安全のため後ろへ跳ぶ。

傷口から侵入した毒でようやくその気になったのか、牙薙は大股で毒沼を踏み越えた。互いの距離が近づくここからが本番だ。『観察』と『集中』を起動し、相手の行動を読む。

……来る。

「グバゥッ！」

濁(にご)った声と共に、まずは体当たりから。俺はすぐさま石壁を生成し、それを蹴って樹上へと逃げる。見下ろせば、作ったばかりの石壁は一発で打ち砕かれていた。まあ、防壁のつもりもなかったしそんなものだろう。

それよりも、樹上に移動したのは失敗だった。

牙薙が容易く周囲を破壊出来るのは散々見ていたのに、不利な場所へ陣取ってしまった。

奴は素早く身を翻し、俺が立つ樹に牙を突き立てる。激しい衝撃で樹が縦に裂け、足場が失われる。

宙に投げ出された俺の様を見て、牙薙は厭らしい笑みを浮かべた。

なかなか感情豊かな奴だ。だが所詮は獣、考えが甘い。

自在流――持ち手に魔力を込め、薙刀を手近な樹へと伸ばした。枝に巻き付けてしまえば、後は縮めるだけで事は足りる。大口を開ける奴の前から、颯爽と身を躱してやった。

追撃を避け、無事に地上へ降りる。

やれやれ、一手誤れば致命傷だ。ひりつかせてくれる。

細く息を吐き、改めて敵と向き合う。毒は身中に入っているものの、図体がでかい分、効果が出るまで時間がかかる。取り敢えずは持久戦に徹するか？　いや、長引かせる方が危ういか。

攻めの効果が薄い所為か、迷いが出てしまっている。良くない傾向だ。牙薙もそれが解っているのか、今度はゆっくりと前進してくる。

……まずは相手との距離を保つべきだな。

牽制の横薙ぎで、前足を攻める。すると奴は狙われた前足を浮かせ、下段斬りを避けて見せた。あの巨体で動きが軽やかだ。そして俺が一手を外したなら、今度は相手に手番が回る。

「バフゥッ」

器用に踏んだ前足が、力強く地面を蹴る。泥と石の混じった塊が、凄まじい勢いでこちらへと放たれた。横に跳んで避ける間に、次は奴自身が首を振り乱しながら俺に迫る。

「調子に、乗るな！」

相手の目に薙刀を叩きつけると同時、周辺をぬかるみに変えて敵の足を取る。牙薙は思い切り足を滑らせ、その巨躯を横倒しにした。片目を潰された挙句、目の前の餌に喰い付くことも出来ず、奴の喉から切なげな悲鳴が上がる。

ここしかない！

速やかに毒沼を展開し、奴の全身を覆う。何種類かの毒を混ぜ、中でも麻痺を強化して流し込み続ける。

「ゴバア、オブゥッ」

泥が口や鼻に入り込む所為で、時折牙薙が喘ぐ。勝負を焦るな。まだ抵抗力が残っている以上、こちらとしても気が抜けない。

反撃を警戒しつつ、注ぎ込む魔力を少しずつ増やしていく。毒を強化し過ぎると、それに伴って森が死んでいくため、なかなか加減が難しい。本気になっても全力は出せず。即効性が求められないなら、別の要素で決めるべきか。

「重い相手には、やっぱりコレだな」

地盤を緩めて相手をより深くまで沈める。全体で見れば、まだ尻が埋まった程度のものだ。口まで埋めてしまえば、もう少し相手の気力を削げるだろう。

さて、まだ反撃の可能性は残っている。今の相手が切れる手札は何か。

突進は無い。首振りも無い。内在魔力は多そうだし、魔術の類……呪詛か咆哮か？

考えていると、牙薙が大きく息を吸い、魔力を溜め込み始めた。何をやる気か知らないが、このままだと詰みは確定しているし、動き出すのは当たり前だ。

ひとまず口の直線上から逃れるべく、横に跳ぶ。直後、靴を掠めるように、血の混じった唾が先程まで立っていた場所で飛び散った。生ごみを混ぜっ返したような、何とも言えない凄まじい悪臭が漂い始める。

「う、オエッ」

いかん、胃の中身が出そうだ。

足元を水で洗うと同時、鼻に麻痺をかけて感覚を誤魔化す。途切れかかった魔術を『集中』で強引に維持する。ここで逃がしたら終わりだ。相手の行動を抑え込め。

水はより相手を覆うように、土は粘度をより強く。牙薙を基点として、大地を練るように。可動域を失うにつれ、牙薙の目が焦りを帯びる。

概ね動きは抑えた。そろそろいけるか？

牙薙から視線を外す。奥の茂みの中ほどに、虚ろな目をした男が引っかかっている。自分の身を省みず、馬鹿な真似をした兵士だ。

水で作った帯を伸ばし、男を丁寧に包み込む。一気にこちらへと手繰り寄せ、遺体を確保した。

俺を狙って来たとはいえ、まあ死んでしまった人間だ。今更意趣返しも無いし、仲間のために身を張ったことには敬意を払う。獣の栄養にするには相応しくない。

死体に残る魔力を欲していたのか、それを失って牙薙が再び切なげな声を上げる。

微かに甘えるようなそれが酷く不愉快で、苛立ちが募った。

足元に土を盛って、相手の上に陣取る。石壁で奴の周りを囲い、泥をかけていく。水嵩が徐々に増し、首までが埋まった。

「バァッ、ゴバァッ！」

半ば溺れながらも、牙薙は魔力を練っている。体格に見合うだけの魔力量を感じる。あの状況から出来る反撃など限られている。『観察』はずっと機能していた。思い返せ――長髪に大きな外傷は無かった。ならば単純に考えるべきだ。

直接攻撃が無いなら、警戒すべきは咆哮だけ。

相手の溜めはもうすぐ終わる。覚悟を決め、俺も本気で魔力を練り上げる。範囲を限れば、周囲への影響もそう気にしなくても良いだろう。

牙薙が息を吸おうと、鼻と口を広げる。

遅い。

麻痺、糜爛、腐敗、眩暈（めまい）、悪寒、出血。

かき集めた水に、思いつく限りの毒を最大濃度で混ぜ込み、そのまま滝のように流し込む。

「バアアッ！　アボブゥッ⁉」

叫ぼうとして広げた口の中に、大量の水が入り込んでいく。咆哮は音と魔力の合わせ技だ、声が出なければ発動しない。出がかりを潰されて、牙薙の瞳にようやく怯えが走る。

手は緩めない。囲いをより高く、毒液をより大量に。泥と毒で濁った水面に、気泡が湧き続ける。水面の下で、牙薙が肺から空気を絞り出している。

まだだ。お前の全てを封じ込め、殺してやる。

水嵩はどんどん増していき、やがて俺の靴底に触れそうなほどになる。

「死ね」

牙薙へ掌を向け、握る。手に込めた魔力に従って、大量の水が溜池の中心へと圧縮されていく。奴の生命力に見合うだけの、凄まじい抵抗を感じる。だがそれでも魔力を込め続ける。

空間が軋みを上げ――そして、何かが圧し折れる音が響いた。

急速に手応えが緩む。

終わりを確信し、全身の力を抜いた。

赤紫色に変わった水面に、牙の欠片が浮かんでいる。それを見詰めながら、大きく息をついた。

難しい仕事

――先行させたナーヴは、無事に辿り着いただろうか？

シャスカを抱えたままひた走り、懸命に居住区を目指す。特区の人間に疑念を抱かれることなど、もう気にしていられない。誰に誹られても良い。ただこれでシャスカを失えば、コルムの献身が無駄になる。

「おい、そこの！　お前がガルドか⁉」

呼び声に周囲を見渡す。ナーヴが人の手配してくれていたようだ。藪の向こうから現れた男女の番兵を目にして、足に力が入る。泥の中に突っ込むようにして、俺は彼等に縋りついた。

「医者だ、医者を頼む、急いでくれ！」

「解ってる、医者はもう手配している。もうちょっとだ！」

若い男は疲労した俺からシャスカを奪い取り、地面に寝かせた。俺は一度腰を下ろし、必死に呼吸を整える。

「森ん中で馬鹿でかい魔獣に襲われた、コイツは咆哮を正面から喰らっちまって……ッ」

二人の番兵が、走りつつも顔を見合わせる。

「牙薙……ッ。ギド、私は先に行って防衛を呼びかけます」

「おう、悪いが任せる」

女の番兵が俺達を置いて、居住区へと走り出す。ギドと呼ばれた男は周囲を警戒しつつ、俺に丸薬を投げて寄越した。

「俺のことは構うな、早くシャスカを」

「ここにだって魔獣は出る、そんな調子じゃ放って置けねえよ」

俺は掠り傷だ、どうにでもなる。でもシャスカはどうだ？　両耳から血を垂らしてはいるが、まだ呼吸はしている。死にはしないとしても、戦線に復帰するまでは長い時間がかかるだろう。少なくとも、あの化け物の所に戻るのは無理だ。

「医者もすぐ来るだろうが、この場で応急処置をする。飲めるか……？」

ギドは腰から下げていた水筒を開けると、シャスカの首を傾け、中身を口に流し込んだ。シャスカは一度大きく咳き込んだものの、喘ぐようにして何かを飲み下し始める。しかし、その勢いも数秒で、またすぐに力を失った。

「何を飲ませた？」

「鎮痛剤だ。飲むとすぐに寝ちまうが……起こしておくのも酷だろう」

その言葉に同意し、頷く。

「薬まで貰って、悪いな」

「気にすんな、これも仕事だよ。まあ何にせよ、命があっただけ良かったな」

「ああ、そうだな。……これで憂いが減ったよ」

言い置いて、俺は踵を返す。握り締めた指先が酷く冷たい。もらった丸薬を噛み砕くと、強烈な苦みが意識をすっきりさせてくれる。

……不味いな。

「おい、何処へ行くんだ」

「戻るんだよ。……あそこで待っている仲間がいるんだ」

シャスカのことは任せられる。ならば、俺はあいつを取り返さなければならない。絶対に取り返さなければならない。あの英雄を獣にくれてやったまま、良かった、なんて言う訳にはいかない。

大切な仲間だったんだ。だから、あの魔獣は確実に殺す。

それに、可能ならあの小僧も回収しなければならないだろう。生きているかどうか解らないが、殿を任せた以上、素知らぬ振りも出来ない。

「……すまんが俺は行く。撤退に巻き込んだガキがいる、時間が無えんだ」

居住区の方から、女番兵と医者らしき人物が戻って来る様が見えた。それを確認し走り出すと、ギドが俺の横に並んだ。

「どういうつもりだ?」

「多分、アンタが言うガキは俺の知り合いだ。簡単にやられるとは思えねえんだが、それでも安否は確認したい」

俺が見る限り、ギドは強度の高い人間ではない。ただ、ここで生活しているだけあって、森というものを熟知している感じはする。いざという時に、逃げるくらいは出来るだろう。取り敢えず、俺は自分のことで手一杯だ。自分の身は自分で守ってもらうしかない。

「一応言っとくが、俺に余裕は無いからな」

「そうだろうよ。牙薙が相手ならこっちだって同じだ。現地に着いたら、お互い勝手に動くことにしよう」

「それで良いなら問題は無い。……こっちだ、先行する」

薬が効いてきたのか、体に力が戻っている。強く地面を蹴り、あの忌まわしい場所を目指した。魔獣のことを思い浮かべると、口の中が渇く。怒りと恐れが綯い交ぜになって、頭の中が落ち着かない。

経験則が訴える。これは不調の時の感覚だ、と。

深く息を吸い、嫌な予感を振り切る。自分の状態を調整しろ、目的を絞れ。

とにかく、コルムを回収する。

◇

門は既に閉まっただろう。突破するのもなんだし、今日は外で野宿になりそうだ。

毒を慎重に打ち消しつつ、水を囲いの外に排出する。そして、亡骸を包む氷に魔力を充填する。手間はかかるとしても、これらを怠る訳にはいかない。疲労感と戦いながら作業を進めていると、こちらに迫る複数の足音が聞こえた。

一人はギドで、もう一人は赤髪だな。援軍を連れて戻って来たのか。

さて、どうしたものか。

牙薙を仕留めたことを誤魔化すつもりは無いが、彼等には俺の手札を晒したくない。となると、適当に濁すしかないだろうな。

説明を考えることすら面倒で、溜息を吐く。

半ば投げ遣りになっていると、騒々しい音を立てて近場の藪が切り開かれた。二人が息を切らして飛び込んで来たのを、囲いに座ったまま迎える。

「お疲れ様。仕事はどうした?」

ギドは今日番兵の仕事があった筈だ。途中で放り出して、こちらに来たのだろうか。

「いや、お前が……ッ、牙薙と交戦中だって、言われたから……ッ」

門からここまで走るだけで息が上がっている。仕方の無い奴だ。赤髪は流石に近衛と言うべきか、往復で倍走っているのに、呼吸がギドより乱れていない。まあ走り込みを勧めてから間も無いし、ギドの体力不足はまだ仕方が無いと言うべきなのだろう。

そもそも、国の精兵と並べて比較することが間違っているか。

到着と同時に気が抜けているギドとは対照的に、赤髪は油断無く短剣を抜き、周囲を警戒していた。立ち振る舞いは斥候のようでも、気配を読むのは不得意のようだ。能力を磨いた方が良い気もするが、まあ油断していないこと自体は評価出来る。敢えて指摘することでもあるまい。

「……あの化け物はどうした」

赤髪から当然の疑問が飛ぶ。俺は囲いの中を指差す。

「遊べる相手じゃなかったからな、殺したよ」

「あれを、単騎で殺せるのかよ」

引き攣ったギドの声が、雨の中に響いた。

二人が囲いを攀(よ)じ登り、中を覗き込む。もう動かなくなった巨躯を見て、両者とも立ち尽くしていた。

恐らく特区に、牙薙以上の脅威は存在しない。安全が確保されたことで、赤髪はようやく力を抜いた。短剣を囲いに突き刺し、俺の傍らにある遺体を見詰める。瞳には複雑な感情が浮かんでいる。

彼らの関係性は解らない。いがみ合い、衝突することだってあったのかもしれない。それでもあの瞬間、彼らが目的のために尽力していたことは事実だ。

「……お仲間は残念だったな。長髪の男はどうした？」

「道中で医者に任せて来た。死にはしないだろう」

手短な言葉が返る。声は硬いが、こちらへの敵意は感じなかった。

「やる気は無いってことで、良いのかな」

赤髪の目は伏せられたまま、こちらに向かない。

「……そうだな、任務は失敗だ。お前に勝てる見込みも無いし、隊員にも犠牲が出てしまった。お前と戦うより、俺はコルムを弔ってやりたい」

感情を抑えた低い声が、後悔を感じさせる。

もう成功しないであろう任務を、これ以上続ける意味は無い。かといって、自身の感情で任務を放棄することが、上官に認められるとも思えない。

彼らの近衛としての経歴は既に詰んでいる。この状況なら、質問に答えてくれるだろうか。

「……今回の件って、誰からの指示だったんだ？」

「第三王子のブライ・デグライン様だな。王族は誰しも隊長を重用しているが、その中でもあの男は特別拘りがあるようでな。隊長がクロゥレン家の下に走るのであれば、クロゥレン家自体を押さえてやろう、って発想になったらしい」

「んん？　なのに俺を殺すのか？」

「隊長が仕えるべきは王族のみ、ということだな。余所に主がいなければ、手元に残せる見込みなんだろう」

まあどうしてもファラ師が欲しいなら、そういう案にもなるか。

取り敢えず、相手は第三……短慮で我の強い人間だと聞いたことはある。周囲の意見など聞かず、当たり前の遵法意識にも欠けているという噂だった。

話が本当であれば、失敗の報告すら許されないだろう。それならいっそ、第三への情報を遮断してしまいたいが……どうしたものか。

「因みに、任務の期間は？」

「指定されていない。達成まで帰って来るな、ということだな」

「……何だそれ？　状況報告はどうする」

「俺達に求められるのは、達成した、という結果だけだ」

聞いた言葉を頭に刻み、何回か諳（そら）んじて、首を捻る。第三が厳しいを通り越して、おかしいことだけは解った。

「それ、任務中の報酬ってどうなってるんだ？」

「各地の領主や代官に身分を提示すれば、そこで支払いを受けられる。本来は王家が支払うべき金だから、立て替えた分は後で中央に請求する流れらしい」

なるほど。ある程度の規模の街に入ってしまえば、金に困ることは無い訳だ。

頭の中を整理する。制度の構造が甘過ぎて、考えれば考えるほど解らない。

……これ、任務達成する必要無いんじゃないか？

指示をした第三王子が期間を設けられておらず、経過も求めていない以上、誰にも現況は解らない。失敗は許されないとは言っても、その失敗が露呈しないのだから、任務中ということで支払いは続く。下手に戻って処罰されるより、このままの状況を維持して、金を貰っている方が良いのではないか。

あまり褒められた話ではないにせよ、俺からすればそれが最善だ。その道を選ばないということは、近衛達が至極真っ当な感性の持ち主ということなのだろう。

近衛の帰還は止めたい。しかしこういう感性の持ち主に、不法行為を勧めるのも悩ましい。毒抜きをしながら、並んだ情報を整理する。

横目で見れば無関係なギドが、どうやら拙い話だ、ということだけを理解し狼狽えていた。俺は苦笑いし、手振りで彼を遠ざける。第三者に聞かれていても、赤髪は全く気にした様子が無い。

邪魔者もいなくなったし、もう少し話をまとめるか。

「さて……もう少し教えてほしい。今回みたいに近衛が死んだ場合、故人の財産はどうなる？」

「遺産を相続する人間がいない場合、全て国のものになるな。コルムには妻子がいるから、どっちかが相続人になるだろうが。あと、貸与品があればそれは回収される」

「コルム氏に何か貸与されている物は？」

「今俺らが着てるこの装備くらいだな。特別な許可を取らない限り、自宅には城の備品を持ち込まないよう定められている」

貸与品の汚破損や紛失があったとして、妻子が賠償を求められる可能性は有るか？　訳の解らん理屈で俺を始末しに来るくらいだし、何が起きても不思議ではない、か。

ならばコルム氏が死んだ事実を伏せ、可能な限り現金を引っ張ってもらうべきだな。俺の情報を国に流さないためにも、そちらの方がやはり都合が良い。

「……なあ、一つ提案がある。このままほとぼりが冷めるまで、お前らまとまって逃げないか？」

「実際そう簡単に戻れる状況でもないんだが……何故だ？」

「死亡を報告しなければ、支払いはあるんだろ？　コルム氏に妻子がいるのなら、取り分を増やしてやれるじゃないか。働き手がいなくなるんだから、少しでも稼いでおいた方が良い。まあ金を渡そうにも、お前らがいつ中央に戻れるのかって問題はあるけどな」

　不法行為であったとしても、それなりの理由があれば考慮はしてくれるだろう。俺の発言を聞いて、赤髪は身動きを止めた。そのまま暫く考え込み、顔を上げてこちらを見る。

「兵士は任務で中央を離れることもあるし、本人が不在でも家族が生活に困らないよう、別途手当が出ている筈だ。中央に戻れなくても、あの人達がすぐに干上がるってことは無い。……ただ、肝心の金を何処で手に入れる？」

「中央から離れるようにレイドルク領、ミズガル領、カッツェ領と回って行けば良いだろう。俺は特区を出て、追手に気付いてクロゥレン家を目指し、その途中でカッツェ領に逃げ込んだって筋書だ。勿論、途中で状況が変わったなら、お前らの判断で中央に戻るのも良いだろうさ」

　そのまま逃走経路や今後の連絡方法等、幾つかの注意点を並べ立てる。赤髪は概ね納得した様子だったものの、最後に問題を一つ挙げた。

「それが良いんだろう、ってのは解る。俺の頭じゃ今以上の案は思いつかん。ただ……コルムの亡骸はどうする？　喰われちまったんならどうしようもない。でもな、コイツの体はここにあるんだ。だったら家族の下に届けて、ちゃんと弔ってやりたい。それについて何か手はあるか？」

縋るような視線が突き刺さる。

そこは考えていなかった。確かに言う通りだ、このままではコルム氏を回収した意味が無い。

雨季の湿気とこの気温では、遺体は簡単に腐敗してしまうだろう。俺なら凍結が使えるが、あれは使い手が少ない魔術だ。彼等に出来るとは思えないし、出来たとしても魔力が保つまい。となると求められるのは——長期間遺体を保存可能で、彼らでも管理が出来るような、そんな方法。

やれるか？

頭の中の知識をかき集める——やれそうか？

不意に、かつての記憶が脳裏を掠めた。作業としては専門外だが、可能性はある。

「確実とは言えん。ただ、試せそうなことはある」

難易度は高い。でもこれはきっと、俺にしかやれない仕事だ。

昔話

一時とはいえ事務仕事から解放もされたし、良い気分転換になった。やはり実戦は楽しい。

そして、すっかり気力を失っている優男から中央の現状を聞き出し、ミル姉が戻らない理由を把握した。厄介な状況ではあるが、まあミル姉にしろフェリスにしろ、刺客くらいはどうとでもするだろう。

問題はそこではない。

優男は身を縮めて、椅子に座り込んでいる。これ以上の話は出てこないと感じ、俺は腕を組む。

「で、どうしようかね？」

顔を顰めたまま考え込んでいる親父に、今後の動向を尋ねる。相手は茶を一口啜り、呆れたような声を漏らした。

「……我が家としては、別に国がどう動こうと大した影響は無い。お前は知らないだろうが、うちは元々乞われて貴族になった家柄だからな。爵位を奪われようと、商人に戻るだけだ」

「そうだったのか？」

「ああ。開拓民をまとめられて、かつ金を持ってる奴が当時いなくてな。私がたまたま条件を満たしただけだ。まあそんな訳で、いざという時は家族揃って隣国に移動だ。領地については誰かが派遣されて来るだろうし、そこまで気にしなくとも良いだろう」

ふむ。なら領民についても後はそちらに任せれば良い、と。まあ悪政が敷かれるようなら、彼等も自己判断で領を出て行けば済むことだしな。

そう考えると、思った以上にクロゥレン家は身軽だったのかもしれない。普通の貴族ならもう少し地位やら権力やらに固執しただろうが、基本的に俺達は統治を面倒な仕事だと思っている。

やるべきことだから、確実にやる。善政こそが貴族の矜持だと思い、少しずつでも現状を良くしようとしてきただけだ。それが不必要だと言うのなら、残念ではあれど続ける理由も無い。

「まあ……隣国で平民としてやり直すのは、別に良いよ。俺もそっちの方が楽だろうし。取り敢えず、戦は避ける方向で動くんだな？」

「やりたいならそれでもいいぞ？　やられっぱなしは私も癪だしな。ただ、領民を巻き込むつもりは無いから、徴兵はしない。やる時はあくまでクロゥレン家だけが動くことになる」

「どっちなんだよ」

回答に苦笑してしまう。そうは言っても、親父がやる気なら、周囲が黙っていないのではないか？

ぱっと数えるだけで、話に乗りそうなおっさん達が両手で足りないくらいいる。加えて、守備隊の中にも血の気の多い奴らが沢山いる。そういう連中が黙っていられるとは思えない。

結局、戦になるのではないか？

内心を見透かすように、親父は目を眇めて俺を見詰めている。

「多分、やると決めたらお前が思った通りになるさ。しかし、それなら逃げた方が早いし楽だろう？　知った顔が死ぬのも本意ではないしな。ただもしかしたら、私達が隣国へと向かう過程で、敵が壊滅することはあるかもしれない」

力無く笑う親父に対し、今まで黙り込んでいた優男が顔色を失う。

「そ、それが出来るとお思いですか？」

「何事であれ挑戦してみることは、悪くないことだと思わないかい？」

意地の悪い質問だ。挑戦云々と言うより、向かって来る相手を排除しなければ、俺達だって安全の確保が出来ない。人死にを避けたいのなら、そもそも軍を差し向けることそのものを止めるべきなのだ。ミル姉とフェリスが不在で、クロゥレン家の戦力が現状で三人しかいないとしても、国軍くらいなら容易く相手に出来るのだから。

半分泣きそうになりながら、優男は必死で首を横に振る。

「短期的には可能でしょう。ジィト殿だけを見ても、国軍で相手になれる者はそういない。しかしジィト殿が幾ら強くとも、休まずに戦い続けられるものではない筈です。やり合うより、真っ直ぐに逃げた方が良い」

発言を聞いて、知らず笑ってしまう。言っていることは大体正しい。ただ実の所、それ以上に心配すべきことが彼にはある。

「俺らが国軍を相手にするかどうかは、実際にそうなってみないと正直解らない。接敵するかはその時次第だしな。そんなことより、中央のことを心配した方が良いぞ？」

「……ミルカ様ですか？」

「それは当然にすべき警戒だ。そうじゃなくて、フェリスの方がなあ……」

直接的な危険性なら、確かにミル姉の方が脅威だろう。強度でそこまで差が無い俺とミル姉を比較した時、まず引き合いに出るであろう要素が被害の度合いだ。影響範囲と効率という面において、武術は魔術に追いつけない。あの人なら中央へ高威力の魔術を浴びせ続け、全てを火の海に沈めるくらいのことは出来る。

しかし、ミル姉がそれほどの人間だということは承知の上で、俺にはフェリスの方がより恐ろしい。

優男はフェリスの人物像を知らないため、怪訝そうに眉を寄せる。

「その……フェリス様については、近衛が何名か向かっております。話を聞く限りでは、彼が近衛とやり合えるとは思えません。それどころか、その、もう処理されてしまっているのではないかと……」

言い難そうに、しかしはっきりとフェリスの死を口にする。この男なりに、自身の所属に対しての思い入れがあるらしい。俺も近衛の精強さは知っているし、確かに素晴らしい部隊だとは思う。

で、その程度が何だと言うのか。

「ハッハッハ、それは無いだろうが、処理出来るんなら近衛の評価を改めよう。でもな、お前らが思ってるよりフェリスは厄介だぞ？　ミル姉は強いだけあって加減を知っているが、フェリスはいざという時に手段を選ばないからな」

俺の頭では思いもよらないような、回りくどくて、勝敗を決定づける何か。どんな強者であれ、対応が出来ないような策。フェリスならそんな行動を取る。

——正道なんてのは、それを辿れる奴だけの道だよ。求める結果が出せるなら、俺はどんな道でも良いんだ。

アイツが十歳の時、何かの拍子にそんなことを言っていた。解っていて正道を求めないなんて発言が、あの歳の子供から出てくること自体が興味深かった。

「フェリス曰く、どんな達人でも殺すだけなら強度は要らない、ってな。アイツは気が良いというか、何処かしら呑気だから、他者を害することはあまり無い。でも俺やミル姉より強度は低いから、追い詰められた時の切り替えも早いぞ？」

そしてその時、中央でどれだけの人間が死ぬのだろうか。

ともあれ話は終わりだ。俺は笑いを噛み殺し、優男に行くなら行けと許可を出す。彼は肩を落として足を引き摺りながら、部屋を出て行った。

煤けた背中を見送り、改めて親父と向き直る。

「どうなると思う？」

「解らん。ただ、ミルカはもしかしたら危ないかもしれん。既に近衛を二名、復帰不能なまでに痛めつけているらしいからな。報復に本腰を入れられれば、流石に楽ではないだろう」

「情報掴んでたのか……って、展開が早えよ」

いや、むしろ俺達が後手に回っていると見るべきか。

中央でミル姉の相手が出来そうな人間となると――俺に思いつく限りでは四人。うち二人、ファラ師とヴェゼル師は敵に回らないことが解っている。問題は残る二人。狩猟の第十階位と、世界七位の魔術師だ。前者はさておき、後者は宮仕えなのだから、国の危機ともなれば間違い無く出てくるだろう。

ミル姉は何処で折り合いをつける気だ？　どの条件なら妥協して退く？

俺には戦況が読めない。

「冷静であれば良いが……ミルカの気性だとどうだろうかな」

「久々の自由行動だし、はしゃいでるんじゃないかね」

俺も領地を外せないとなると、手綱を握れる人間が傍に誰もいないことになる。

この一件——鍵を握るのはやはりフェリスかもしれない。

状況が状況なので、特例で居住区内に入れてもらった。魔核で作った箱の中に詰め込まれたコルム氏については、特に指摘を受けなかった。

暗い自室の中で胡坐をかき、腕を組む。部屋の隅で控えているギドと赤髪——ガルドが邪魔なのだが、作業が気になって仕方が無いらしい。

まあ、ひとまずは良い。必要があれば手を借りることもあるだろう。

氷で覆われた遺体を前に、あれやこれやと遠い記憶を探る。前世と今世で得た知識を併せてかき集め、何となくの方向性を求めて頭を捻る。

取り敢えず俺がいる分には冷凍を続けられるが、かといって近衛の旅について回るつもりは無い。そもそも、今は急場凌ぎでこうしているのであって、冷凍保存にだって限界はある。確実で、かつ簡単に管理が出来る方法を見出す必要がある、ということだ。

さて……順番に整理しよう。作業は段取りが大切だ。

遺体を保全するということは、要するにどうやって腐敗を抑えるか、ということに直結している。そのためにはまず、腐敗の原因となる雑菌をどうにかしなければならない。となれば、最初にすべきは殺菌消毒と洗浄。前世ならここで死化粧の一つも施すのだろうが、幸いコルムの顔は綺麗な状態だ。胴体の穴を誤魔化すだけで事足りるだろう。

後は、体液が内側に残ったままだと劣化が進むため、これをどうにかしなければならない。体液を吸い出して、防腐剤と入れ替える……注射針を作る必要があるか？

……駄目だな、やるべきことを絞り切れていない。それよりもまず、確かめるべきことがある。

「……ギド、そこにいるなら扱き使うぞ」

「ここまで来たら、最後まで付き合ってやるよ」

「そうか。なら、生のマスバの実と、後は……メリガルディの目玉はあるか？　薬師がいるなら多分解る、量があればなお良い」

「解った。ちょっと行ってくる」

「俺も行く。金が必要だろう」

俺の言葉を聞くなり、二人が並んで飛び出していく。その背を見送り、ひとまず氷に魔力を補填する。

薬剤が作れるなら、作業の難度はさておき、保存期間についてはそこまで悩まなくても済む。在庫が無い場合はガルドの意見を聞いて、次善策だな。

必要な物資が揃うかどうか。そんなことも把握せずに、作業は進められない。

二人を待ちながら、事前準備として幾つかの魔核に仕込みをしておく。コルム氏は腹を貫かれているため、体の一部が失われたままになっている。服を着せるとはいえ、このままではそこに凹みが出来て、不格好に見えるだろう。輪郭を綺麗に保つための詰め物が必要だ。

最終的には腹腔の形に合わせるとはいえ、その手前までは進めても良いだろう。適当な大きさの球体を作り、箱の中に入れておく。

そうこうしている間に、二人が駆け戻ってきた。両者とも、結構な大袋を抱えている。

「全部あったぞ。で、これをどうするんだ」

「良し！　ここから暫くは力仕事だ、朝までかかるぞ。まずお前らはマスバの実をとにかく潰してくれ。なるべく細かくな」

すぐさま擂鉢と擂粉木を作り、二人に手渡す。彼らはそれを素直に受け取り、指示されるがまま作業へ取り掛かった。

俺は俺で袋の中から目玉を取り出し、掌で転がして状態を確認する。まだ充分に潤いがあり、品質の高さがよく解る。

実は全部任せて、目玉から行くか。

「そういえば、マスバを潰している時に汁が飛ぶかもしれんが、それは舐めるなよ。具合が悪くなるからな」

「おい……そういう大事なことは早く言え。一体何作るんだよ」

「猛毒だ」

答えを聞いて二人が体を引く。脅かしはしたものの、あながち嘘ではない。これから作る薬剤は、取り扱いに注意が必要だ。

ガルドが当たり前の疑問を口にする。

「コルムの遺体に何をするつもりなんだ？」

「標本にする。研究者の所に魔獣が持ち込まれるのを見たことはないか？　連中がやってる手法でな、死体を今から作る薬液に漬けると、その時点から変化が起こらなくなるんだ。対象が硬くなってしまうんだが、腐敗もしなくなるんだよ。まあそういう液体なんで、当然体には良くない」

　ガルドが黙ったまま実を見詰める。どういう結果に繋がるのか、いまいち解り難いのかもしれない。或いは解っていても、コルム氏が物のように扱われることを意識したくないのか。

　敢えて口にはしないが、俺も標本化に踏み切るのは思いきりが必要だった。最初こそ、防腐剤を流し込んでの遺体衛生保全を考えはした。ただ、あれは作業の難しさの割に腐敗が遅れるだけで、やがては破綻を迎えてしまう。それでは根本的な解決にならない。

「短期間であれば、より生身に近いというか……人間らしい質感にすることは出来る。ただ、下手をすれば数か月に及ぶ旅程で、その状態を維持し続けるのは無理だ。ならば遺体が硬直することは承知の上で、コルム氏の状態を固定する」

「……見た目は、今の状態になる訳だな？」

「ああ。後、顔はまあこのままにするとして、欠けている腹は詰め物で整形する予定だ。なるべく身形(みなり)は整えて、生きている時の見た目に近づけたい。一度処置をしてしまえば年単位で保つ筈だし、遺族への引き渡しには充分な時間だろう?」

ガルドは実を潰しながら少し考え込み、一つ頷く。

「解った、その辺は専門家に任せる。手伝えることは何でも言ってくれ」

「おう。取り敢えずはその作業だな。あ、絞った中身は布で濾して、この箱に入れておいてくれ」

魔核で箱を作り、上に布を被せておく。

ガルドは何か八つ当たりでもするように、擂粉木で実を突き続けていた。一方、ギドは意外にも作業が丁寧で、本職の薬師のような雰囲気を漂わせている。

ふと、そんなギドが顔を上げて問うた。

「……なあ。なんで、中央の研究者が使ってるような薬を知ってるんだ? いくらお前が調合持ちだからって、生きていくのに使わん薬だろう、これ」

俺は目玉から水分を抜いて容器に移しつつ、過去に思いを馳せる。確かにギドの言う通り、普通に生活する分には必要の無い知識だ。

……まあ、隠すことでもないか。

「うちの母親は医者でな」

「おう」

「治療に失敗して誰かが死んだ時、たまにこうして遺体を標本化してたんだよ。何が原因で死んだか解らないと、次に同じことがあっても対処出来ないからな。ゆっくり調べるために必要だった訳だ」

初めて見た時はなかなかに衝撃的だった。

目に刺さるくらいの明るい部屋で、自分の母親が顔を歪ませながら遺体を刻んでいる。俺は期せずしてそれを目にしてしまい、硬直してしまった。

戸口で立ち尽くす俺に気付き、母は僅かに目を伏せて微笑した。仕事部屋に無断で入り込まれたというのに、それを咎めることもせず、ただ仕方無さそうに笑っていた。

混乱の最中、開かれた誰かの腹と母が握り締めていた小刀が、かろうじて俺に解剖という単語を思い出させた。

この世界にだって、人の亡骸を損壊することに対しての忌避感は当たり前にある。なのに、母は自身の行為に躊躇いを持っていなかった。その鬼気迫る、何処か猟奇的な佇まいと——合理性を追求する姿勢が恐ろしかった。

綺麗事だけで医学は発展しない。そして、命を扱うことにかけては手を抜かない。

そういう覚悟を見せつけられた。

「……で、俺があまり騒がなかったからなのか、時々作業を見せられることになったんだ。

何でいちいち俺を呼ぶんだと思ってたが、あれは多分、一種の授業だったんだろうな」

姉兄はあまり医学に興味が無かったため、継承する相手がいなかった、というのもあったのかもしれない。最終的に、俺は殺すことも生かすことも選ばず、作ることを選んだ訳だが……こうして稼ぎに繋がったのだから、間違い無く意味はあった。

そうまとめる。

しかし話し終えると、彼等は非常に渋い顔を並べていた。ガルドが眉間を揉みながら漏らす。

「作業を依頼しておいてなんだが、お前の家庭環境はどうかしている」

「それはまあ、自覚あるよ」

わざわざ言われるまでもない。どう考えたっておかしい。

そうして他愛も無い話をしながら、全員で作業を進めていった。

既知との遭遇

月明かりも無い真夜中に、ワタシの幸せはある。

逞(たくま)しい胸板に指を這わせ、首筋に額を擦りつける。顎先に口付けて、睦事(むつごと)の余韻を楽しむ。知らず喉奥からは抑えた笑いが漏れた。

「……何が可笑しい?」

「いいえ、嬉しいのでございますよ、ブライ様。貴方の大切な時間をいただいているのですから」

敢えて顔を向けずとも解る。きっと今、空を舞う猛禽のようなあの双眸が、ワタシを真っ直ぐに射抜いている。その眼差しを思えば、得も言われぬ痺れが駆け巡るようだ。

ワタシの言葉を笑い飛ばしつつ、ブライ様は深い溜息を漏らす。

「フン、俺の時間か。まあこうしていられるのも今のうちだろうな。事が動けば、こうも悠長にはしていられまい」

「人は体を休める必要がございます。それは王であっても変わりません。こうして戯れる時間は、無くしてはいけないものなのですよ?」

相手の唇の端に、己の唇を添える。うっすらと伸びた髭が当たった。

悠長だとは言いつつも、ブライ様は忙しない日々を過ごしている。道理を弁えぬあの女が、離反を口にして以来——捌くべき案件が一気に増えた。

近衛とは王家の所有物であるにも関わらず、許諾も無しに野に下るなどという戯言をぬかすとは、恥知らずにも程がある。そのような身勝手が許される筈もない。

臍(へそ)の下で煮え滾る魔力が、怨敵を滅せよと吠え立てている。しかし、ブライ様はワタシの髪を柔らかく梳き、その感情を戒めた。

「勝手な真似はするなよ、アレは手駒として必要だ。いずれ切り捨てる可能性があるにせよ、結論を出すのはまだ早い」

「ですが、放置する訳にもいかないのでは？　これまで近衛としての業務に携わってきて、知るべきではない情報に彼女は幾つも触れてきているでしょう。どう転ぶにせよ、何らかの処置は必要です」

「手は打っているが……結果が出るまではどうしても時間がかかるものだ。ひとまず報告があるまでは保留だな。アレを敵に回すなら、それなりの準備が要る」

「まさか、ワタシが負けるとお思いですか？」

相手の方が格上だとしても、ファラはあくまで武術師だ。やりようなら幾らでもある。

ブライ様は黙して何やら思索していたが、やがて嗄れた声を漏らす。

「そうは言っても相手が相手だ、勝ちも負けも有り得ることだろう。何やら私財を処分する流れで、装備品まで手放しているようだが……強度は武器に左右されない数字だからな。アレは無手で容易く人を殺せる生き物なんだ。お前をぶつけるなら、もっと状況を整えたい」

仕留めきる自信ならある。だが、それを信じてもらえないのなら、当然出撃を許されない。

歯噛みするワタシの頬を、分厚い手が撫でる。

「まあ焦るな、ファラを徒に突いてお前を失う愚は避けたい。それより動いてほしいのは、お前の弟子の方だ。呼びつけた以上間も無く来るのだろうが……大人しく従うのなら良しとしても、まあ話に聞く気性だとそうはならんだろう」

目を閉じて、かつての弟子の記憶を辿る。ミルカ・クロゥレン――確かに、彼女は『至宝』の称号を得るに足る才気に満ちていた。順位表においてもワタシの足元まで迫っており、強度的に大きな差は無いだろう。

凡百の敵ではない。とはいえ、知り尽くした相手でもある。逆に、師弟でありながら、ワタシにはミルカに見せなかった顔がある。

……優れた魔術師であるが故に、あの娘は格上と戦う経験に乏しい。

「彼女のことはお任せください。ミルカ・クロゥレンなど、確実に処断して見せましょう」

勝ち筋ならば幾らでも。ワタシは唇を曲げ、微笑を浮かべた。

「そうか。……お前はこれまで結果を出し続けた。今後もそうあってくれ、ラ・レイ」

「はい。ワタシは、いつまでも貴方に報いましょう」

ブライ様の体に縋りつく。夜はまだ長い。

◇

薬液は無事に出来上がり、コルム氏の遺体を浸して終了となった。過去の経験からすると、仕上がるまでに三日はかかる。後はただ待つだけだ。

気持ち的には風呂に入って汗を流し、ゆっくり眠りたい。だが、中央の動向も気になることだし、無駄な時間を過ごす訳にもいかない。

……特区に辿り着いた時、久々にゆっくりしようなどと目論んでいたことを思い出し、気持ちが落ち込んだ。

眠気を噛み殺し、重い足を自覚しながら門外に出る。雲間から差す久方ぶりの陽光が目に刺さって鬱陶しい。今日に限って晴れるのかと、顔を顰めて一つ舌を打つ。

半分機能していない頭の中で、やるべきことをまとめる。

すぐにでも取り組まねばならない仕事――牙薙の死体を回収し、脅威が取り除かれた証拠とする。回収自体は特区で引き受けてくれるそうだが、相手を毒に沈めてしまったため、死体は迂闊に触れられない代物になってしまった。事後処理を任せられる人間がいない以上、自分でやったことの責任を取らねばなるまい。

何せそうして無害化をしてやらないと、近衛に牙薙を押し付けられない。

彼等は固辞しそうだが、俺の存在を中央に伏せるためにも、討伐の栄誉を受ける誰かはどうせ必要になる。それに、標本化の仕事が五百万ベルにまで膨らんでしまったので、功績くらい渡さないと釣り合いが取れない。いずれ彼らが無事中央に戻った時、証があれば箔付けになるのだから、不本意でも我慢してもらおう。

……仕事の代金としては、何気に過去最高額だな。

となれば、まずはメシの種を確保するか。地術で自分を空へと跳ね上げ、一気に牙薙の死体を目指す。膝を破壊しそうな衝撃を何度も受け、ようやく目的地へ辿り着いた。

そして目の前に広がる光景に、思わず苦言を漏らす。

「しまったな。汚え」

他の獣に喰われないよう保全のために張った水壁に、無数の虫が浮かんでいる。小型の四足獣も二体ほど、水壁に首を突っ込んだまま溺死していた。備えておいて正解だったようだ。

溜息を吐いて水壁を解除する。ついでに地面に染みた毒を絡め取り、環境をある程度戻してやった。

昨日のうちに、ある程度毒を処理しておいて良かった。後は保全のやり直しか。

改めて牙薙の巨躯を見ると、やはり全体的に汚らしい印象を受けたので、今度は氷で覆うことにした。それなりの魔力を込め、強度が充分であることを確認して頷く。

これにて作業は終了。ということで手を空に翳し、術式を適当に合成する。水弾に陽術と陰術を混ぜ、照明弾もどきを作って高く打ち上げた。光と影が空中を乱舞する様は、居住区からでもよく見えるだろう。後は動ける連中が、必要な道具を持って動き出す筈だ。

……もう良いよな？　大丈夫だよな？

帰ろうと逸る気持ちを抑えて、遺り残しが無いか念のため周囲を見渡す。辺りは昨日の戦闘で荒れ果てており、抉れた地面の一部から、何やら白い石が覗いていた。

散らばっている単なる石が、やけに引っかかる。拾い上げて探知を走らせると、案の定魔力が弾かれた。

これが邪魔者の正体か、なるほど。

――抱えていた問題が一つ解決したからか、ふとした思い付きが、頭の中に浮かび上がった。

祭壇と牙薙を探していた時、俺は基本的に居住区を基点として、徐々に捜索範囲を広げるというやり方をしていた。ヤツと初めて遭遇した地点も居住区からそう離れてはいなかったので、まずその周辺から作業を進めた。だから、俺は塒と思われるこの近辺を充分に調査出来ていない。居住区の連中も接敵の可能性が高いとなれば、わざわざ離れた場所で採取や狩りは行っていないだろう。

となれば、誰の目も届かないこの辺りに、祭壇があるのではないか？

どうせ見つかるまで探し回るのだから、ここを先に調べるのは一つの手だ。前回の調査に倣って、地面に魔力を巡らせる。するとこの場から若干北に行った所に、探知を弾く地点が幾つかあった。その中でも手応えが大きい箇所は二つ。

非常に気になる。帰る前に少し覗いていくか。

当たりであってほしいが……探知が弾かれるなら、地術による地形変化は使えないということだ。使える手札が一つ減るため、道中で苦労するかもしれない。

見つけたとして、すぐに祭壇が使えるかどうか。

「……あれか？」

目的地へ辿り着くと、心臓が強く鳴った。確証など無くとも、人ならざる者に作られた体が、確信を訴えている。

間違いない、アレだ。

生い茂る樹々の中に、一際異彩を放つ岩壁が聳え立っている。泥で汚れた森の中で、眩しいくらい白い壁は否応無しに目立っていた。そしてそこには、人がどうにか入れるくらいの亀裂が走っている。

なるほどと得心する。祭壇はこの特殊な石材で作られ、更には長い時間をかけて樹々に覆われることで、人目からも探知からも隠された場所となった。そして地表に広がった魔力を糧に、樹々は通常よりも大きく成長し、人間を拒絶する壁が出来上がった。この地に祭壇があると知っている者でなければ、敢えて奥まで踏み入ろうとは思わないだろう。

巨大な祭壇を封じる森の結界——それが特区という訳だ。

興奮をどうにか押し殺し、冷静であれと自分に言い聞かせる。鉈を握り締めて、亀裂へと近寄った。岩壁を叩いてみると、甲高い澄んだ音がする。

「……硬えな。頑丈ではある、と」

崩落しそうな感じはしない。森になるだけの時間を耐えたのなら、そう心配するほどのことは無いだろう。ただ、一度で当たりを引けると思ってもいなかったので、装備が整っていないことは危惧される。

水はある。明かりもある。食料は……干肉や果物が少々。如何せん頼りないが、さっき魔術を撃ってしまった以上、呆けていると誰かがここに来る可能性がある。

迂闊な真似をしてしまった。祭壇がどういう機能を持つかは不明だが、存在を知られて得があるとも思えない。こうなれば、誰よりも先に探索を進めなければならないだろう。

唾液を飲み込み、身を屈めて亀裂の中に滑り込む。明かりを浮かべて周囲を見渡せば、入り口が狭いだけで、内側はそれなりに高さがあった。全体的に壁が白いからか、僅かな光量でもそれなりに明るさを感じる。

魔獣の気配は現状感じ取れない。ならもう行くしかない。

滑らないよう靴の泥を落とし、一気に走り出す。時折まとわりついてくる虫が鬱陶しい。燃やしてやりたくなるものの、酸欠になるのは御免だ。毒の有無も解らないため、鉈でこまめに払いながら進む。

往復することを考えれば、活動出来るのは二日が限度だろう。それ以上は体力も集中力も保たない。しかしこの空間の中で、どれだけ時間を意識していられるのか？

――ああ、これはいかんな。

身の安全を意識しながら進んでいると、不安が込み上げてくる。まだ足を踏み入れて間も無いというのに。

一度目を閉じ、深呼吸をする。

これを目的として生きてきたのだ、今更怖気づいてどうする。そうだ、いずれにせよ目的は達しなければならないのだから、今はただ足を進めることだ。

急激に襲い来る重圧に抗う。幸い道は真っ直ぐで、迷う要素は無い。行くしかない。

行くんだ。

時間を忘れて歩み続ける。汗が落ち、息が上がり始めた頃——視界の先に、人影が一つ浮かび上がった。

その顔を見て、眉を顰める。

「やあ」

「……そう来たか」

悪趣味と言うべきか、ある種の王道と言うべきか。

嫌になるほど懐かしい。

力無く地べたに座り込み、こちらに挨拶をするその男は、前世の俺の形をしていた。

やるべきこと

肝心なことは、目的を見誤らないことだ。兄という脅威に対抗するため、まずは最低限の条件を満たさねばならない。
条件——ファラ・クレアスを手中に収める。そして、ミルカ・クロゥレンに比肩する戦力を用意する。

さてどうするか。

まず拘るべきは、ファラ・クレアスだ。アレに自由を与えてはならない、あの女はどうしても手元に置く必要がある。最悪味方にならないとしても、今敵に回せばそこで話が終わってしまう。

地位も名誉も金も、アレを縛る鎖にはなり得ない。とするならば何で縛るべきだ？　主となる小僧の命を取引の材料にするか？

それは有り得ない。

辺境の塵芥風情がこうまで王家の邪魔をして、生き延びるなど許されぬ。クロゥレンの心を手折るという意味でも、次男を殺すことは必須となる。ただ、当人がいる場所が場所なだけに、始末までの時間がかかる可能性は充分あるだろう。特区となれば山林、山林となれば蛮族の領域だ、逃げ隠れする場所には困るまい。

ミルカ・クロゥレンが中央に辿り着く前に、首を確保したいところだが……そこまでは望めないかもしれんな。いずれにせよ、対応はラ・レイに任せるしかないか。

とはいえ、懸念もある。

噂を聞くに、あの二人の魔術強度は拮抗している。ラ・レイの負けは想像出来ないが、ところだ。

実戦では何が起こるか解らない。対ファラ・クレアス要員として、もう一枚手札が欲しい

　思いつく要素を追加し、もう少し踏み込んで考えてみる。傾向と対策——ファラ・クレアスは状況に流されやすい女だ。上にただ従うだけではないが、かといって頭が良い訳でもない。何となくで動いている時は多々あったし、兵として斬り捨てるべき者を生かすこともあった。

　強度で相手にならないのなら、違う点を攻めるべきだ。

あの女の、見切りの悪さを利用する。地位でも名誉でもなく、そして金でもないのなら、やはり残るのは情だろう。

しばし動きを止める。ファラ・クレアスの家族は十年前の水害で全員死んでいた筈だ。では、親しい部下で使えそうな人間……これなら使えるだろう。

　卓上の鈴を鳴らし、近くに潜む影を呼ぶ。天井から黒ずくめの男が舞い降り、音も無く着地した。

「御用向きは」

「ジグラ・ファーレンの身辺を探り、身内を確保しろ。姪がいる筈だ、名目は何でも構わんから早急に引っ張ってこい。後、組合に行ってカルージャ・ミスクを呼んでくれ。狩り

の誘いだと言えば解る」

影は頷くと、煙のように姿を消した。相変わらず気味の悪い男だが、仕事は確かだ。アレが王族ではなく、俺に従ってくれればと思わなくもないが……まあ、そこまでは望むまい。

さて、これで事が成れば、最低限の水準は満たしたと言えるだろう。賓客をもてなすにしては急拵えの感はあれど、ミルカ・クロゥレン単体への備えとしてはこれで充分だ。

他に出来ることは……ファラ・クレアスの資産関係か。レイドルク家への賠償で私財を処分しているようだし、業者に買い取り額を絞らせるとしよう。一押しすれば、借金で首が回らなくなる可能性もある。

出来ることは全てやっておく。何せ命を賭けている状態だ、一切手は抜けない。とはいえ打てる手があれば、その分やらねばならないことも増える。

人材が足りない。有能な者も、忠実な者も、どちらも不足している。

しかし、目標の達成はもうすぐだ。退けない以上、俺は前に出るしかない。

◇

目の前の男を、改めて見下ろす。痩せ細り、力を感じさせない挙動。何をするにも難儀をするような有り様——間違い無い、これは病死する直前の俺の姿だ。

当然ながら魔力は感じないし、あの状態では立ち上がることも無理だろう。アレが俺に危害を及ぼせる筈は無い。

なのに、どうしようもなく忌避感ばかりが募る。目の前の存在を殺さなければと、それだけで思考が埋まっていく。

「おいおい、落ち着けよ。俺が何も出来ないことくらい、充分解ってるだろ？」

声を聞いて、体の強張りが解ける。

「ああ、解ってる。しかしこれは」

ゆるゆると首を振り、かつての俺は気怠げに遮った。

「落ち着けって、きついなら少し下がった方が良い。……それは単なる防衛本能だ。俺はこの世界の人間じゃないから、異物を排除しよう、って意識が働いてるだけだよ」

軽く言うが、強制的にこちらの意識を改変するような存在は、それだけで脅威ではないか。

俺は身を沈め、取り敢えず言われた通り少し後退った。この落ち着かない感情が和らぐ訳ではないにせよ、手が届いてしまえば、衝動的に自分を殺してしまうかもしれない。

これは、今までに経験したことの無い攻撃だ。

体の強張りを気にしながら、相手の言葉を待つ。すぐには襲われないと知ってか、かつての俺が先を進める。

「さて……軽く説明をしよう。当たり前の話をするが、この『俺』は既に死んでいる。ここにいるのは強引に実体化させられた、残り滓のような物に過ぎない。数時間もすれば、多分崩れて消えるだけの存在だ」

「……で、それが何でここにいる？」

「ありがちな話だよ。託宣を受けるには試練が必要なんだ。試練を乗り越え、初めて人は知識を手にする権利を得る」

言うだけあって、試練などとは本当にありがちな話だと思う。

しかし、知識とは？ 俺は別に、利益を求めてここに来た訳ではないが？

疑問が顔に出ているのか、口にするより先に返答がやって来た。

「言葉だけだと実感は湧かんかもしれんが、実物を見ればすぐ解る。俺も説明を一部制限されてるから、細かいことは言えないんだ」

「……まあ、ひとまず納得しておこうか。試練ということは、お前をどうにかすれば良いということだな？」

「そうだ。とはいえお察しの通り、俺とお前が戦ったって何の意味も無い。こっちは病人で、そもそも勝負が出来んからな」

相手の言う通りだ。介助無しには生活も出来なかったのに、戦うなんて夢のまた夢だろう。

俺は顎をしゃくって続きを促す。かつての俺は、蟲が這いずるような歪んだ笑みを浮かべる。

「お前の試練は、俺を祭壇まで届けること。無論俺を殺さずにな」

「なるほどな」

確かにそれは試練だ。俺は相手とは対照的に、思い切り顔を顰める。

しかし、やらなければならないのなら、やるだけのことだ。

衝動を抑えるよう意識しつつ、相手の顔を改めて見詰める。先程から『健康』を起動させているのに、相手を殺したくて仕方が無い。要するに、異物を排除しようというこの感覚は、この世界に生きる者として当たり前の情動ということなのだろう。それが適正な状態であるのなら、『健康』は機能しない。

武術でも魔術でもなく、ただ自制を促すか。試練とは本来そういったものなのかもしれない。

ひとまず、自分の攻撃手段を減らすべきだな。鉈を鞘に収め、棒は縮めて懐に仕舞う。手を振って力を抜き、意識を切り替えていく。

「……抱え上げただけで死なねえだろうな」

「そう見えるのは否定しないが、そこまで酷くはない。流石にそれだと試練にならん」

それもそうか。なら、その言葉は信じよう。

大きく息を吸い、止める。

殺さない、殺さない、殺さない。

何度も繰り返す。全開で練り上げた魔力を『集中』に回し、頭に不殺を叩き込む。

覚悟を決めて相手に近づき、痩身を背負った。……驚くほど軽い。重量的には、動き回るのに支障は無さそうだ。ただその反面、背中から心臓へ流れ込んで来る不快感が凄まじい。あまりの汚らわしさに、相手を地面に叩きつけてしまいたくなる。己だった者にここまでの嫌悪を抱くとは思わなかった。

一度目を閉じ、目的だけを脳裏に残す。それでも胸がざわつくのは——

「とにかく我慢するしかない、か。行こう」

「道は見たままだ、早く終わらせたいなら、急げよ」

言われずとも承知している。前方に魔力を飛ばすも、敵の気配は返って来ない。前方の心配が無いならばと、強く地面を蹴った。なるべく体を上下させないよう、滑るように前へ。振動で殺したら目も当てられない。

祭壇を目指してひた走る。耳元に響く自分の呼吸がうるさい。

抑え込んだ衝動が、時折どうしようもなく込み上げてくる。耐え切れずに拳を壁に叩きつけ、磨り下ろすようにして進んだ。血の筋を引き摺って、それを『健康』で癒し、痛みを正気に変えていく。

そこまでやって、抗えるのは数秒だ。だから何度も繰り返す。まるで足跡を残すように、点々と壁に血の跡を刻む。

長い長い一本道だ。多少曲がりくねってはいても、景色にほぼ変化は無い。体はただ前に進むだけのものとなり、俺は内心の葛藤と戦い続ける。

背負った男を、捨ててしまえば良い。手放してしまえば、こんな気持ちにはならない。いやいや、今すぐに殺してしまうべきだ。この男はこの世界に存在して良い者じゃない。自分の思考が、体から離れてしまったように感じる。そうしてはいけないという理性は勢いを失い、ただ本能のままに振舞おうとする自分を、懸命に抑えている。気付けば噛み締めた唇から血が流れ、唾液と混じり、赤い泡が顎をべったりと汚していた。錆に似た臭いですら、何処か他人事のようだ。

おかしくなっていると自分でもよく解る。こんなことがいつまで続くんだ。これは本当にやらなければいけないことか？

手を離せ、足を止めろ、自分を保てなくなるぞ。

当たり前過ぎる制止が、内心から湧き上がり止まらない。黙れ、今は本能など邪魔なだけだ。

それでも前に進む。先の見えない直角な道を、転びそうになりながら曲がる。

「……ああ？」

自傷で殺意を抑えつつ走っていたが、不自然な状態が目の前に現れ、思わず足を止めた。

「どうした？」

笑いを噛み殺した声が耳元で響く。

こめかみが脈打ち、苛立ちが募る。頭に血が上っていると遅れて自覚した。

力無く俺に絡みついている手足を握り潰そうとして、慌てて踏み止まる。かつての俺を一度背中から下ろし、眉間を壁に強打して己に活を入れた。

大丈夫だ、落ち着け。俺はまだ行ける。

割れた額から流れる血が、かろうじて俺を繋ぎ止めた。とはいえ内心では、信じられないほどの迂闊さに茫然としている。

「……いつから、俺は嵌っていた？」

問いに答えは無い。

視線の先の壁に、赤く引き摺られた線がのたうっている。正気を保つために、俺が拳を削った跡だ。一本道をずっと走り続けて来て、それが行く先にある意味。

魔術的幻惑――普段ならば絶対に引っかからないであろう、単純な罠にかかっていた。有り得ないと思うものの、目の前にある現実からは、そうとしか言いようが無い。

夢中で内心に抗っているうちに、何処かで何かを見落とした。結果として、俺は恐らく、長い円状の道を回り続けていたのだ。これはもう不覚を通り越し、恥辱に近い。

呼吸が短く、浅くなっていく。

俺は何を考えていたんだ。これは試練なのだ――仕掛けが無いだなんて、誰も言っていない。手っ取り早く事を済ませようとして、視野を狭めた挙句、当たり前の警戒を怠った。かつての俺が消滅するまでの、貴重な時間を失った。

何故、何故俺は『観察』をしていなかった。

試練とは、己の持つ全てで乗り越えるべきものではないのか。何を思い上がっていたんだ。

視界が涙で滲んだ。

殺意が研ぎ澄まされ、完全に自身の制御下に置かれる。自傷の跡が『健康』により修復され、四肢に力が入る。身も心も俺に起因するものだ、これは俺のものだ。世界に根差した本能などではなく、俺は俺の意思で、殺す相手を決める。

かつての俺は、あくまで人の形をした試練だ。殺すべき相手ではない。

「あー、クソ、ふざけんなよ」

涙を拭く。自傷で意識を繋ぎ始めたのは、どれくらい前だったか？　思い出せないが、魔力はまだ残っている。どれだけの時間がかかろうと、今度は手抜かりはしない。

『健康』で呼吸を整え、『集中』で目的を刻み込み、『観察』で状況を見極める。かつての俺を背負い直し、顔を上げた。

どれだけ時間が残っている？　いずれにせよ、悠長にしている余裕は無い。

「待たせたな、行くぞ」

「どうぞ」

今度こそ、本気で行く。

不甲斐なさが、衝動を忘れさせていた。

情報収集

ファラ・クレアス、ジグラ・ファーレン、ラ・レイ。

目の前に、王国でも最高峰の戦力が並んで座っている。これだけの面々が一堂に会すると流石に壮観だ。三人が真に味方であれば良かったのに——そう思うと、口元に苦笑が滲

んだ。

気を取り直し、私は彼女らに呼び掛ける。

「ご苦労。さて、君達を呼んだのは他でもない、現在の状況について、確認したいことがあったからだ」

ファラとラ・レイの表情が僅かに乱れる。ジグラは最初から顔が硬直したままで、全く動いていない。各々の反応を窺いつつ、話を進める。

「全員承知のことと思うが、ミルカ・クロゥレンがブライの呼びかけにより、こちらへ向かっている。君達は全員、ミルカ・クロゥレンと接触したことがある。そうだな？」

この時点では何かを誤魔化す必要も無い。全員が肯定する。

「よろしい。私が知りたいのはミルカ・クロゥレンの性格と、その脅威度についてだ。どういう遣り取りで、何故そうなったのか解らんが……近衛二名が彼女に同行を求めたところ、戦闘になったという報告が入っている。二人は重傷を負い、現職に復帰出来るかも定かではない状態だ。展開次第ではあるものの、この王都内での交戦も有り得るだろう」

ラ・レイに視線を投げると、その唇が一瞬歪んだ。元々、ブライが私より優位に立つべく近衛を動かしたのだ。側近である彼女は詳細を把握しているだろう。

ミルカ嬢を引き込む筈が、明確な敵対関係が生まれているのは何故か？　流石のブライも、そこまでお粗末な手は打たない――となれば、目の前の誰かさんが私情を挟んだことになる。

自信に満ちた言動をしておきながら、稚気によって利を手放したか。その滑稽さに嘆息する。

「さて、まず……ジグラ。レイドルク領で、君はミルカ嬢の魔術を体感したそうだな？　率直な感想を聞かせてもらいたい。他の者も、何か思うところがあれば自由に発言してくれて構わない」

問われて、ジグラはまず呼吸を整えた。彼だけではなく全員が委縮しているように見える。私に負けるような人間など、ここにはいないというのに。

思っている以上に、自分は威圧的なのだろうか？　そんなことを考えつつ返答を待っていると、ジグラは思い返すように間を空けて語り出した。

「……そうですね。レイドルク邸の部屋が魔術で塞がれていたので、それを破りはしました。ただ、私があの障壁を突破出来たのは、ミルカ様が本気ではなかったからでしょう。仮にミルカ様が本気であったとすれば、私は一枚の障壁を破るために全力を費やすことになります」

その感想に、ファラも頷く。

「私見ですが、近衛の戦力では大半がミルカ様に対応出来ないと思われます。単独強度で7000以下の者は当てるだけ無駄です」

「ふむ、なるほど。では師匠だった者として、君はどう思う？」

ラ・レイに水を向けると、彼女は額に手を当てて考え込む。

「……ファラの発言に誤りは無いかと。かつてワタシの下で鍛えていた時点で、彼女にはそれだけの強さがありました。今は当時よりもずっと成長していることでしょう。近衛は素晴らしい戦力ではありますが、その中でも限られた者しか、彼女の相手にはなり得ません」

何故そこまで把握した上で、必要も無いのにミルカ嬢を敵に回したのか。ブライの愚かな拘りとそれに盲従する者達が、事態を厄介なものにしている。

込み上げる頭痛を振り払いながら、更に問う。

「ラ・レイ。いざとなれば、君をミルカ・クロゥレンと対峙させることになるだろうが……彼女が城下でその力を振るうことはあると思うか？」

「有り得るでしょうね。彼女は道理の解らない者ではありませんが、必要とあらば民を犠牲にすることも厭わないでしょう」

「では、それに対してブライからどういった策を命じられている？」

ブライとラ・レイがどういった関係で何を企んでいようと、そんなことはどうでも良い。

私を排したいという気持ちも解る。ただ最低限、王を目指すと言うのなら、民に被害が出るような真似は避けるべきだった。

　私はラ・レイを視界の真ん中に収めたまま、返答を待つ。彼女は私に指示を語るべきかを逡巡した挙句、結局、口を噤(つぐ)んだ。

「……どうした？　答えたまえ。他ならぬブライが招いた事態なのだ、次の展開も用意されているのだろう？」

　ミルカ嬢の行動が予想されていたかはさておき、起きたことへの対応をどうするかは当然考えた筈だ。それでも、ラ・レイは黙り込んだままだった。

　待っていても答えは返らないと判断する。私は彼女の事情など斟酌しない。する必要が無い。目を伏せて溜息——それが合図。

　勢い良く身を捻ったジグラが、ラ・レイの鳩尾に拳を突き入れる。目で追うより速く矮(わい)躯(く)が吹き飛び、壁へと叩きつけられた。彼女は腹を押さえ、床に額を擦りつける形で身を縮めている。こうなれば魔術を発動するどころではあるまい。

「意識を断つまではしない、か。意地が悪いな」

「いえ、そんなつもりは無かったのですが……腹に何か仕込んでいますね。加減を誤りました」

状況を伝えていなかったファラが、驚いて目を見開いている。とはいえ、ジグラの攻撃を止めなかった辺り、何か感じるものはあったのだろう。彼女は私に向き直り、慎重に口を開く。

「……どういうことです？」

「思いの外被害が大きくなりそうなのでな、状況を動かすことにしただけだ。……私と争うだけなら良いが、周囲に影響が出るのは好ましくない。ジグラの姪が攫われてしまったし、足踏みをしている場合ではないと判断した」

ファラが息を呑み、ラ・レイを見下ろした。その視線はすぐに己の部下へと跳ね上がる。

「ここでこんなことをしている場合か？　姪御殿の所在は？」

「現在調査中です」

応じるジグラの声は硬い。無理からぬことだ。

「こちらでも、作戦を実行した者の特定を急がせている。しかしそれはそれとして、思わぬ形で証人が手に入ったのだ。我々も情報を集めるべきだろう」

私は片膝をつき、ラ・レイの前髪を掴んで頭を持ち上げる。空いている手で指を鳴らすと、影が現れ、私に錐を渡した。

「何か有用な話が聞ければ嬉しいものだ」

◇

気付いてしまえば、あまりに地味な仕組みだった。打ち付けていた左手とは逆側、白い壁だと思っていたその一部に、似た色の結界が張られている。魔力探知をするまでもなく、肉眼でよく見ただけでも解る程度の引っ掛け。

騙される方がこれは愚かだ。だが、良い教訓にはなった。

舌打ち一つで結界を蹴り破る。見た目を誤魔化しているだけで、何の強度も無い。

大きく開けた空間に飛び出し、周囲を確かめる。見渡せど白一色で、遠近感を狂わされる。しかし、もう油断も手抜きもしない。『観察』に魔力を回し目的地を探る。

「ふうん……？」

彼方にうっすらと、白い点が縦に並んでいる箇所がある。いや、あれは壁に棒が刺さっているのか？

なるほど、次は登攀(とうはん)しろということか。他に何も見当たらない以上、まずはあそこへ向かうべきなのだろう。目的の場所まで一気に駆け寄り、棒に足を掛ける。思いきり踏みつけても、折れたり曲がったりする様子は無い。人を一人抱えている以上、どうせ手は使えないのだ。狭い階段だと解釈し、足だけで登り切る。

一度吹っ切れてしまえば、後は単純だった。見難い亀裂、背景に溶け込んだ棘、回転する床……厭らしい仕掛けの一つ一つを『集中』と『観察』で判別し、着実にこなしていく。

やがてどれだけの数をこなしたか解らなくなった頃、白一色だった世界にようやく色が入った。

狭い隙間を屈んで抜けた先には、茶色の落ち着いた雰囲気の空間が広がっている。中央には周りより暗い色の場所があり、ちょうど人が一人寝転がれるくらいの台座が置かれていた。

「……あれが祭壇か？」

「そうだな。ここまで来れば罠はもう無い。後は俺を、あそこに捧げるだけだ」

「捧げる？」

かつての俺を背から下ろしながら、相手へと振り返る。青白い、酷く血色の悪い表情が目に映った。心底疲れきったとでも言うように、吐息混じりの答えが返る。

「そりゃあそうだ。人ならざる者から何かを得ようとするのなら、供物が必要だろう。まあ今回は色々と特例で、最初からそれが用意されてたってことだな」

「……俺は別に、何かを得ようとした訳じゃないが」

あくまで俺は、託宣を受けることを目的に動き続けていた。受けた託宣をどうするかはさておき、受けることだけはしろ、というのが転生の条件だったからだ。

病気で入院することになり、体も満足に動かせないまま、長期間を寝台で過ごし続けた。かつて抱いていた夢を捨て、生きていることの意味も解らないまま死を待っていた俺に、機会を与えてくれた存在——それが唯一俺に求めたことが、託宣を受けることだった。だからこそ、こちらで生まれ落ちてからの時間を鍛錬に費やした。そうでなければ、目的地に辿り着くことすら難しそうだったから。

俺はただそれに拘っただけで、何かが欲しかった訳じゃない。

しかし、かつての俺はゆっくりと首を振る。

「もう得ているだろう。転生時に与えられた命とか、『健康』とかな。それらは依頼の成功報酬を半分先払いしているんだ。だから、期限を守れなければ契約不成立で死ぬことになる」

聞いて、一気に汗が冷えた。

考えたことはある。家族は皆、俺に優しかった。姉兄の補佐をしながら、領内で生きていくという選択肢だってあったに違いない。そうして民の顔を見ながら、小さな幸せを積み重ねる生活だ。

もし俺が、クロゥレン家の一員としての生活に拘っていたら。

「……たまたま命を拾った、ということか」

「お前の場合は依頼をかなり意識していたし、その心配は無かったろうけどな。ただ、実際そうやって今までの生活に拘った結果、死んだ奴はそれなりにいるようだな。あちらさんだって、使えない奴にいつまでも拘っていられない。まあでも幸い、お前は初回の任務を達成することが出来る訳だし、残りの報酬もちゃんと手に入る」

「……また立って歩けるようになった。旨い物も食える。笑って人と話せる。それだけで充分なのに？　何年俺が苦しんだか、解ってるだろう？」

だって、お前は俺だ。当たり前の幸せを享受出来ていることが、どれだけ素晴らしいか

——解り過ぎるくらい、解っているだろうに。

これ以上は、あまりに貰い過ぎだ。

しかしかつての俺は、こちらの感情を理解して笑う。

「気にするのなら、託宣をこなせば良い。千ある問題のうち、一つでも多くを誰かがこなしてくれれば、ってのが託宣なんだ。まあやればやっただけ報酬も上乗せされるんだが

……何か返したいと思うなら、そうしていくしかない」

それだと、俺はずっとこの恩を返せないままだ。でも、どうすべきかも解らない。

考えても答えは出ない。

全てを飲み込み切れないまま、俺はかつての俺を抱え上げ、よろけながらも祭壇へと歩き出す。たとえ何であれ、まずは一つ目をこなさければ。

「上に載せてくれ。そしたら、横にくっ付いている球に魔力を込めれば良い」

言われた通り、滑らかな表面の台座へかつての俺を横たえる。そして、側面にくっ付いている黄色い宝玉に魔力を込めた。

一瞬、空気が震える。

視界が揺れて、思わず膝をついた。空間が淡く光り出し、俺だったものが塵になって宙へ吸い込まれていくのを、跪いて見上げる。あまりにあっさりと、自分が消えていった。

そうして、塵が呑まれていった場所から、いきなり書棚が降り注ぐ。

暗褐色の馬鹿でかい書棚が轟音と共に地面へ突き刺さり、整然と並べられていく。数えきれないほどの書架――しかし、中身が詰まっているものは見た感じ手前の二つしかない。

「これが報酬、ってことか？」

どうにか立ち上がり、手近な棚へと歩み寄る。分厚い本が並んでいるものの、背表紙に何が書かれている訳でもない。首を傾げつつ、手近な一冊を開く。

何気無く開いた最初の段階で、あまりの重要度に全身が粟立った。数枚捲って内容を確かめ、一度閉じ、他の本も確認する。

鼓動が速まり、息が上がっている。慌ててもう一つの棚に駆け寄り、数冊を適当に読む。

「……これは……」

頭の中が混乱する。

まずは最初の方の棚、こちらは言ってみれば辞典であり、図面集とでも呼ぶべきものだった。未開地帯も含む世界全土の詳細な地図に加え、そこにある建造物の中身までもが記されている。試しにクロゥレンの屋敷を調べてみれば、俺でも知らない隠し部屋のことが書いてあった。

それだけでも眩暈がする有り様だが、託宣はより拙い。額の汗を拭い、万が一にも垂れ落ちないようにして、もう一度本を開く。

一、ワクラ峡谷で大量発生している魔虫の駆除。

ワクラ峡谷に生息するミグルゥが、長引く乾季により大量発生している。ミグルゥは木の根を主な食糧としており、植物への影響が大きいため、近辺の生態系が乱れる可能性がある。また、大規模な地滑りが想定されるため、三割以上の減が望ましい。

残り時間、五十八日。

試しに一つ見てみただけでコレとは。

各地区で解決すべき事象と、その猶予が解るように記載されている。困難な問題が並んでいるが、見方を変えれば、これはその土地の弱点が列挙されている書物だ。邪心のある者が辞典と併せて利用すれば、独力で国さえ崩してしまえる代物だ。

最低限の依頼を一つこなしただけで、あまりに凶悪な知識が得られてしまった。きっと、託宣をこなしていけば、より様々な書架が埋まっていくのだろう。そこに何が記載されていくのかは、想像するだに恐ろしい。

託宣は基本的に、環境を保全することを目的としているかのように書かれているが……こうなると、上位存在がこの世界を守りたいのかそうでないのか、まるで判断がつかない。ちょっと知恵の回る奴であれば、絶対に悪用を考える。むしろ何故、悪用されていないのか理解に苦しむ。

個人が持つには過ぎた力だ。

……だからこそ、今の俺には有用なのだろうか？

情報を持て余し、頭を掻き毟る。状況からして、クロゥレンと中央の衝突はほぼ避けられない段階に来ている。無事で済む保証が無い以上、利用出来るものは何だって利用すべきだ。しかし、これを俺の都合だけで利用して良いのか？

地べたに座り込み、どうすべきか悩む。

——そうして悩みに悩んだ挙句、中央に関する地図と託宣を棚から引っ張り出した。

目的のために

——強度差があり過ぎると、その人間のやっていることは理解出来ない。

かつてカルージャ・ミスクが言った通り、彼らにはワタシの魔術が理解出来なかったのだろう。王族と近衛の主戦力が揃いも揃って、土人形を尋問している様は酷く滑稽だった。期待外れと思う反面、手札が通用すると確かめられたことは幸いだった。

ただ、安心出来る状況という訳でもない。

事が動いたばかりの段階で、第一王子は真っ先にこちらを封じ込めに来た。対応の早さと思い切りの良さについては、敵ながら驚嘆せざるを得ない。

ワタシが抜け出して行動を始めることも、彼らならすぐに察知するだろう。出来ればブライ様と合流したいが、今それを選べば、まとめて討たれる可能性が高い。口惜しくとも、まずはこの場を離れることが先決だ。

窓枠に手をかけ、下に何も無いことを確認し飛び降りる。膝を曲げ、なるべく衝撃を殺して着地した。

微かな音が立つと同時、

「……下だ！」

頭上でファラの声が響く。

今ので悟られた⁉

何と言う察知能力、あまりに早すぎる！

舌打ちとともに跳び退り、急拵えの石壁を展開。直後に巨体が舞い降り、生成したばかりのそれを割り砕いた。

「手応えが無さ過ぎる訳だ。しかしラ・レイよ、運が悪かったな」

無骨な槌を担ぎ上げ、ジグラがゆっくりとした動作でこちらを睨め付ける。ファラは——来ないか。襲撃の可能性が高いこの状況下で、第一王子の護衛が不在になる選択は取らない、と。

少しだけ唇が持ち上がる。それは近衛としては正しい選択だが、状況としては間違っている。ワタシを確実に抑えたいなら、今すぐ二人で仕掛けるべきだった。

「……ふふ。雑魚の方が来たんだから、アナタが思っているほど状況は悪くない。一人だけで大丈夫？」

　言いつつ更に後退する。石槍を地面から生やし、ワタシとジグラを隔てる壁とした。彼は大きく踏み込み、槍を圧し折りながらこちらへと迫る。

　ジグラの武術強度は確か８０００ちょっと。槌による強打と、絶え間無く動き続けられる体力が脅威だ。魔術師がこの距離でやり合うべき相手ではない。

「今度は手加減せんぞ！」

「それは残念」

　槌を振り回しながら近づいてくる大男というのも、なかなかに威圧的だ。まだ本気を出す局面でないとはいえ、様子見が過ぎれば命に関わる。

　とはいえ本気で攻めるなら、もう少し雑な動きを誘いたい。

　大きいだけで脆い石槍を放つと、ジグラはすぐさまそれを砕いた。飛び散る石片がお互いの視界を遮る。目隠しと言うには頼りないそれを利用して、地面に穴を作り、接近を妨害する。狙い通り出足が鈍り、僅かに距離が開いた。

　ここだ。

「ハアッ！」

　魔力を練り上げ、大岩の砲弾を放つ。この距離でこの規模――避けられまい。

ジグラは全力の振り下ろしで、それを迎え撃った。

「ぬうううあああッ！」

雄叫びと共に砲弾が割り砕かれ、地に堕ちる。あれで無傷とは素晴らしい対応だ。だが反撃に至れなかったために、ワタシに余裕を与えてしまった。

これで土人形が使える。

貴重な時間を使って囮を二体作り出し、左右に展開する。数は作れなくとも見た目は精巧だ。魔術強度の低いジグラには、本物を見破れない。

相手は目を見開き、それでも槌を構え直した。さあ、三択を当てられるか？　果たしてアナタの運勢や如何に？

「チィッ」

目標を定めるべく彷徨った視線が、本体であるワタシから外れる。それも隙だ——すぐさま地面を砕き、駄目押しとばかりに粉塵を撒き散らしてやった。土煙に紛れて、ワタシ達はばらばらに城外へ向けて走り出す。

「クソッ、待て、ラ・レイ！」

ハズレに向かって飛び出したジグラの気配が、どんどん遠ざかっていく。ワタシは額の汗も拭わぬまま、必死に足を動かす。今回は勝つことが目的ではない。ブライ様ならこの戦況を利用し、ワタシを陽動にした上で動き出す。

ワタシに望まれていたのは生き残ることと時間を稼ぐこと、そして近衛を一人でもこの場から引き離すことだ。

幸い、相手は強力だが鈍重だ。翻ってこちらは、足の速さだけなら並の武術師より上という自負がある。もうここからはワタシに追いつけない。人質も未だ手の中にある以上、ジグラは舞台から弾き出されている。

最低限の仕事は果たせただろう。

「フ、ハハ」

ああ、楽しい。重圧から解放された所為か、達成感の所為か、笑いが止まらない。

ここからだ。ここからが、ワタシ達の時間の始まりだ。

◇

祭壇と居住区を行き来するようになって数日が経過した。既に近衛は去り、金の受け渡しも完了している。

また、繰り返し辞典を読み込むことで、必要な知見を得ることも出来た。託宣を受けることにも成功したし、今後の戦闘で使いそうな消耗品の作成も済んだ。

抜かりは無い。無い筈だ。何度も確認する。

優雅な余暇とは行かなかったが——元よりそんなものを望むべくもなかった、ということだ。

背嚢に詰められるだけの物を詰め込み、支度を済ませる。近衛達の話から推察するに、あまり時間的な猶予は無い。事は既に動き出している。

危険を排除した森が、豊富な素材が手の届く所にあるが……名残惜しくとも、行かねばならない。

特区には長々と世話になってしまった。居室の掃除を済ませ、扉を開ける。明るさに目を細めれば、視線の先にギドとエレアさんが並んで立っていた。

「よう、出るのか？」

「ああ、ちょっと厄介事でね。行きたくはないんだが……行かないと後悔しそうだ」

「そりゃ仕方無いな」

顔を見合わせて嘆息する。

わざわざ見送りに来てくれるとは、義理堅いことだ。この地で二人の知己を得られたことは、幸いなことだった。

「フェリスさん」

エレアさんが一歩進み出て、身を前に傾ける。緩やかな動きと共に抜き放たれた山刀を、仰け反って躱した。

ああ、動きが綺麗になっている。

素直に感嘆する。不慣れな俺の指導で、よくぞここまで成長してくれた。

「だいぶ強度が上がったんじゃないですか？」

「お陰様で。……本当に、お世話になりました。自分を見詰め直す良い機会になりました」

「大したことはしてませんよ。二人にやる気があった、だから伸びたってだけです」

実際、特区の人間を見た時、この二人以上に向上心を持った人間はいなかった。それ以前に、密度のある訓練をしている兵そのものが、彼等以外にいなかった。言い換えれば、牙薙を自力でどうにかしようという意識を持っていたのが、二人しかいなかったということだ。

自分でどうにか出来ないことは、諦めて他人に任せるしかない。そうする内に、自分の仕事を誰かがこなしているということが、やがて当たり前になっていく。きっと誰かがやってくれる、俺の仕事じゃない――人員に乏しい閉鎖空間で延々と生活していくということは、そういうことなのかもしれない。

正直、この地に将来性は無いだろう。それに耐えられなくなったのか、二人の気持ちは、もう特区から離れているように思えた。

「……なあ」

ギドに呼びかけられ、視線を向ける。相手が少し質問し辛そうにしていたので、遠慮しないよう先を促す。

「お前から見て、今の俺らはどれくらいの水準だ？」

そうか。特区だと人が少な過ぎて、世間での立ち位置が解らないか。

問われて、二人を改めて眺める。訓練を始めた時と比較すれば、間違い無く成長はした。ただ、指導のための時間が不足したこともあって、劇的に強くなったとは言えない。

「強度ってことなら、そうだな……中央寄りの安全な貴族領であれば、中堅くらいの兵士にはなれそうな感じかな？　未開地帯に近い所だと、まあ訓練兵を抜けた辺りかね。ここを出たいなら何処か紹介しようか？」

「は？　お前、そんな当てあるのか？　別にそんな身分が高い訳じゃないんだろ？」

おいおい、相手次第じゃ下手すると処断されるぞ。

あまりに率直な物言いに俺は苦笑し、エレアさんは冷や汗を浮かべる。まあ、クロゥレン家は貴族というより開拓民なので、身分については仰る通りだ。事実に怒っても仕方が無い。

「身分は無くても伝手はあるぞ？　とはいえ、レイドルク領かミズガル領の二択しか無いが……」

「えっ、いや、結構な大貴族じゃないですか。付き合いがあるんですか？」

むしろ俺が付き合いがある貴族なんて、片手で数えるほどしか無い。その中で話を通せるのは、今回の道程で関係を深めた二家くらいだ。交友関係の狭さが嘆かわしいものの、継承権の無い次男坊が、個人で縁を持てただけ良い方だろう。

「おかしなことに、付き合いがあるんですよ。因みに傾向としては、楽して稼ぐならレイドルク、腕を磨きたいならミズガルという感じです。それと、人を相手にするなら前者、魔獣を相手にするなら後者、ってとこでしょうか」

身の安全を省みないのであればクロゥレン、という言葉は呑み込んだ。これくらいの強度の人間が民兵として活動してくれれば、上としては非常にありがたいのだが……中央が攻めて来るかもしれない時期に、巻き込む訳にもいかない。

二人はその気になってきたのか、少し考え込む仕種を見せた。ただ、選ぶであろう道は解っている。俺は悩む二人を尻目に、ビックス様への紹介状を書き始める。

やがて結論が出たのか、二人は揃って顔を上げた。

「ミズガル領の紹介を、お願い出来ますか？」

「俺も、ミズガルを頼みたい」

「うん、じゃあこれ。あそこはとにかく食い物が旨いんで、期待して良いぞ」

二人の手の中に、印を刻んだ紹介状を押し込む。ハーシェル家が不適格だった分の穴埋めというと申し訳無いが、彼等は少なくとも有用な人材だ。分野違いとはいえ、森林で鍛えた視野と小回りの利く動きは、魔獣狩りで活躍してくれるだろう。

二人は紹介状を確かめると、深々と頭を下げた。エレアさんはともかく、ギドがあまりにらしくなくて苦笑しか出ない。

俺達はそんな殊勝な間柄じゃなかった筈だ。

「まあ、ありがたがるのも程々にな。大丈夫だとは思うけど、最終的に採用を決めるのは先方だから」

「採用されなくたって、仕事が無いって訳じゃないだろう。きっかけがあるだけで充分だよ。……ミズガル領の近くが、クロゥレン領なんだっけか？」

「そうだよ、隣だな。正直今は、胸張ってお勧め出来るような特産物は何も無い。来るんならもうちょっと整備されてから来てくれ」

事実もかなり含まれるが……ここまで言えば、暫くクロゥレン領には近づかないだろう。王家とのいざこざなんて、知らないまま過ごしてくれた方がありがたい。

知るだけで命に関わるような情報なんて、握らせるべきではないのだから。

「ふふっ。いずれお招きいただくことを、お待ちしております」

冗談と捉えたのか、エレアさんは悪戯な微笑みを浮かべる。確かに彼女の言う通り、いずれはこの二人を招き入れられたら良いと思う。しかし、それも事を解決してこそだ。

そのためには、まず動き出さなければならない。

俺は大きく深呼吸をして、意識を切り替える。

「さて……名残惜しいが、そろそろ行くよ」

「ああ。……世話になった、またな」

「ミズガル領に来たら、一緒に食事でもしましょう。またいつか」

「ええ、いずれ。それでは」

握手を交わし、俺は門へと向かう。

頭の中で段取りを再確認する。最初に向かうべきは中央西側の入場門だ。そこにある水路から、門を通らず城下町へ侵入する。その後はミル姉の足取りを追って、暫く情報収集になるだろう。

無事に済めば良いが。

雨季の狭間、久々の晴れ間に感謝しながら、目的地へ向かって歩き出した。

書き下ろし番外編
悪趣味
SECOND SON
OF THE CLOUREN FAMILY

良く晴れた昼時。風は穏やかで、訓練には丁度良い日和だ。

私は逸る気持ちを抑えてラ・レイ師と向き合い、一礼してから対戦を始める。

序盤の展開はいつも通り静かに。牽制がてら小技を撃ち合いながら、双方相手の隙を窺う。次第に手数が増えていき、攻撃は精度を増していく。

岩弾と火球がぶつかり合い、舞い散る残滓(ざんし)が互いの射線を隠す――僅かに生まれた時間を使い、風壁を左右に生成した。

側面を守るためのありふれた一手。それが今日初めての、しかし最大の失着だった。

私は負傷を厭(いと)い、何よりも安全を優先した。それに対し、ラ・レイ師は次なる攻撃のために時間を使った。意識の差が、相手の優位を圧倒的なものへと変える。

風壁を配置し顔を上げれば、視界には宙を埋め尽くすような石の針の群れ。展開していたこちらの火球が、針に射抜かれ次々と破裂していく。予想を超えた対応に舌打ちを漏らし、体への直撃を懸命に避けた。どうにか反撃を試みるも、起動した魔術は出がかりを潰される始末。

形勢が一気に傾いていく。まるで及ばない、流石は格上の魔術師。

自分より術式の構築が早い人間に、手番を回してはいけなかった。こうなってしまってはもう無理だと、私は即座に負けを認める。

「参りました」

「諦めるのが早いわね。……ミルカ、アナタは後衛だけど、本番で前衛が機能するとは限らない。自分一人で戦う時の押し引きを、もう少し早く決断しなさい」

「解ってはいるんですが、なかなか体が追いつきません」

頭を垂れる。お叱り(しか)の言葉はご尤(もっと)もだ。進歩らしい進歩も無く、もう何度目の敗北だろうか。

ラ・レイ師に弟子入りをして半年が経つが、未だに傷の一つも与えられていない。いずれは勝てると信じて鍛錬しているものの、何をどうすれば良いのか、まるで解らなくなってしまった。

最近では不甲斐なさを嘆くよりも、素直に感心してしまっている。これは良くない兆候だ。

ラ・レイ師は半眼でこちらを見詰め、ゆっくりと首を振った。

「難しく考え過ぎね。魔術の基本はより遠く、より速く。今は訓練だから中距離戦をしているけど、この状況だと射程を競えない訳でしょう？　なら速さで応戦するしかない」

物陰に置いていた水筒をこちらに投げ渡しながら、ラ・レイ師は額に浮いた汗を掌(てのひら)で拭(ぬぐ)う。

ああ、事後処理を忘れていた。

先程扱っていた魔術の所為(せい)で周囲には熱気が籠り、すっかり蒸し暑くなっている。風を起こして上へ空気を逃がすと、ラ・レイ師は満足げに頷いた。

「今アナタは暑いと感じて、意識せずに風を起こしていた。実戦もそれと一緒で、考えた時には実行しているくらいじゃないと、到底対処が間に合わない。相手の反応を見ていちいち考え込んでいたら、手が止まってしまう。もっと魔術を己のものとしなさい。アナタはまだ経験が不足していて、自分に合った方法が確立されていないように見える」

合う合わない以前に、私は師匠と出会うまで真っ当な勝負などしたことはなかった。特に何も考えずに魔術を撃っているだけで、全てのことが片付いたからだ。

初めて本物の強者を前にし、私は壁にぶつかって混乱している。

ラ・レイ師は眉間を揉みながら、深々と溜息を吐いた。

「はぁ、その顔……才能がある者はこれだから」

「え？　どうしました？」

「何でもない。ワタシは今日用事があるので、訓練はこれで終わりね。自主練がしたいなら、ここをそのまま使って構わないから」

言い捨てて、ラ・レイ師は颯爽と身を翻した。長時間の修練を日常とする師がたった一戦で終わりとは、随分と珍しい日だ。訝りながらもその背を見れば、心做しか落ち着いていないような気がする。

私生活も趣味も感じさせないような人が……何処か浮足立っている？

「何だか、随分と嬉しそうですね」

余計な詮索（せんさく）と知りつつ、つい口にしてしまう。訓練によって荒れた地面を均（なら）しながら、ラ・レイ師はうっすらと微笑を滲（にじ）ませた。

「そう？　普通に仕事なんだけどね。ワタシも一応宮仕えをしている以上、定例の報告会に参加する必要があるから」

「一応って……そういえば、私の指導以外に普段何してるんです？」

優秀な魔術師を求めた結果、紹介を受けラ・レイ師に弟子入りはしたものの、私達は修行以外での繋がりを持っていない。基本的に鍛錬ばかりで雑談も憚られる雰囲気だったため、踏み込んだ話題には触れないよう付き合ってきた。それに、皆が情報を伏せようとしていることも何となく感じていた。

考えてみれば役職やら立場やら、そういう当たり前の話をするのは初めてだ。

ラ・レイ師は一瞬動きを止め、視線を彷徨（さまよ）わせる。

「誰かが説明していると思ってた。何も聞いてなかったの？」

「いやあ……紹介者からはここに向かうよう言われただけで、細かいことは何も。皆さん腕は間違いないから、としか言ってくれなくて」

「それは、腕の悪い者ならそもそも順位表に載らないでしょうよ。でも確かに、ワタシの立場はちょっと説明しにくいのかもね。たまに呼ばれて技術指導をすることはあっても、実態としては正規兵でも教官でもないから」

あら、どちらも違う？　それなら、後は何が残っているだろう。研究者とか？

ラ・レイ師は悪戯(いたずら)っぽく笑うと、軽い調子で言った。

「別に口止めしてる訳でもなかったんだけど……ワタシは、ブライ王子の私兵という扱い。ちゃんと契約も交わしてるし、給料も出てる真っ当な仕事よ。とはいえ特殊な身分だから、今日の報告会も、公的なものではなくて内輪の集まりみたいな感じになるでしょう」

聞けば指導の他には護衛や伝令等、不定期で細々とした仕事をこなしているとのことだった。別に隠すような内容でもないのに、何故皆が事を伏せるのかと思ったら、それは本人が異民族であることに起因していた。

かつて王国はカンディラ山地に生きる少数民族と争い、彼等の領地を得ることに成功した。当時未成年だったラ・レイ師は捕虜(ほりょ)として捕まり、その実力から兵士としての活躍を期待されたものの、本人はそれを断ったらしい。まあ自らの故郷を奪われ、挙句今からは配下として戦えと言われても、従う気にはならないだろう。

大胆な起用ではあるが、如何せん無理がある。当たり前の対応だ。

ところが、それを覆したのが件のブライ王子であった。彼は長期に渡る交渉の末、いずれ故郷をラ・レイ師へ返還することと引き換えに、その信用を勝ち取った。そうして師は王子様のお気に入りという、愛妾のような立ち位置へと収まった。

なるほど、誰もが言葉を濁(にご)す訳だ。

……正直なところ、彼は悪評が目立つし、私も性処理を命じられたことがあるため、良い印象は持っていない。現場を偶然通りがかった王の制止により事なきを得たものの、誰も見ていなければ始末していただろう。

アレが異民族との約束を守るほど殊勝(しゅしょう)な人物とは到底思えないが……ともあれ経緯としてはそういうことだそうだ。

ブライ王子を語るラ・レイ師の表情は蕩(とろ)けるように甘く、恋慕(れんぼ)に満ち溢れていた。薄く染まった頬は柔らかく緩み、訓練時の真面目な表情とはまるで違っている。

私にとっては唾棄(だき)すべき人物であっても、惚れた腫(は)れたは当人の心の問題だ。止めておけと忠告するのは簡単でも、相手には響かず、むしろ反感を買うだろう。

なんて嘆かわしい。

顔立ちも体型も整っている魅力的な女性なのに、どうしてあんなのに引っかかってしまったのか。知らず顔を歪めてしまう。

「……どうしたの？　難しい顔をして」

態度に出てしまったのか、ラ・レイ師は声を僅かに抑え、こちらの様子に首を傾げている。素直に回答することも出来ず、私は必死に言い訳を探す。

「いえ……その。私は貴族家の人間でありながら、婚約者もいないものですから」

誤魔化せ。下手に出ろ、下手に出るんだ。

どうにか捻り出した言葉に、ラ・レイ師は指先を口元に充てて問う。

「大体の貴族は成人前に婚約が決まっていると聞くけれど……何か事情でもあるの？」

「辺境の新興貴族なので、単に周囲との付き合いが浅いだけですね。それに、安全が未だ担保されていないような土地ですから、来たがる人もいないでしょう」

「なんとまあ軟弱な。危険に対処するため、貴族は鍛えているのでしょうに。まあ、惰弱な連中と無理をして付き合う必要は無いわ。アナタは才能に溢れ、美貌をも兼ね備えている。焦って変な男に捕まらないよう、相手はしっかり選びなさい」

――それは、それは貴女の方だ！

頭を抱えたくなるような助言に、どうにか頷いて返す。

語るだけ語って満足したのか、雑談を終えたラ・レイ師は弾んだ足取りでその場を去っていった。

今からでも止めるべきなのだろうか？　いや、私はブライ王子の一面しか知らない。ラ・レイ師だけに見せる顔があるのかもしれないし、故郷を諦めろなんてことも言えない。宮廷政治を知らない私では、説得するための判断材料に欠ける。

頭を搔(か)き毟(むし)り、腹立ち紛れに魔術を空へと放つ。雑に放った筈の火球が、やけに勢い良く空を切り裂いて飛んだ。

不本意なことに、上出来の一発だった。何もかもが儘(まま)ならない。

先程貰った水筒の中身を一気に呷(あお)り、胸元が濡れることも気にせず飲み下す。乱暴に口元を拭い、半端に残った分を地面に注いで捨てた。

あの対応が本当に正しかったのか、どうしても疑問が残る。それでも、ラ・レイ師は好いた男と一緒にいられて幸せなのだろう。

何の足しにもなるまいが、せめてあの男が師にだけは誠実でありますようにと、心から祈った。

あとがき

はじめまして、或いはお久し振りです、島田　征一です。

お陰様で三巻をお届けすることが出来ました。嬉しい限りです。

なろうの活動報告をご覧の方は既にご存知かと思いますが、利き手の手首が関節炎でやられてしまったので、二・三巻は締め切り的な意味で割と冷や冷やしながら作業をしておりました。Ｗｅｂ版についてはかなりお待たせすることになり、申し訳ない限りでした。

まあ今も加療中であり、執筆はかなりペースダウンした感はあるものの、また普通に手が動くようになったのでひとまず安心しております。正直あまりにやれることがなくて、自分で自分の社会復帰を危ぶんでおりました。

さて、お休みしている間ですが。

利き手が使えない＝まともに日常生活が過ごせない、なので、只管ゴロゴロして他の方の作品を読んでおりました。一種の現実逃避ではある訳ですが、普段は読んでいるものが固定化されているため、なかなか乱読には至りません。それを、腰を据えて思う様読むことが出来ました。

いやあ……おもっしれえな！

寝て起きて読んで食ってのループでした。ああいう娯楽が無かったら、精神的にやられていた気がします。幸せな時間を提供していただきました。

私が書いたものも、誰かにとっての楽しみになっているだろうか？　と考えさせられました。

そうであれば良いなあと願うばかりです。

そして最後に。

十二月は、コミック版も発売されるということになりました。白川祐先生の柔らかな絵柄が堪能出来ますので、そちらもお楽しみいただければ幸いです。

ノベル・コミック双方併せて、今後ともよろしくお願いいたします。

コミカライズ第1話　試し読み
SECOND SON
OF THE CLOUREN FAMILY
漫画：白川 祐
原作：島田征一
キャラクター原案：ゆのひと

自己確認

第1話

フェリス・クロゥレン
年齢　15

武術強度　5285
魔術強度　7842
異能『観察』
『集中』
『健康』
称号『クロゥレン子爵家』
『魔核職人』
『技巧派』
よし

今日から
15歳だ！

デグライン王国
クロゥレン子爵領

うん
荷造りはだいたい
こんなもんかな

この世界では
15歳が成人だ
あとひとつ「儀式」を
済ませれば
晴れてこの家を出て
職人の道に進める

まあその儀式が
問題なんだけど…
あとは…

こいつを
忘れちゃいけない
おーい
フェリスいるか？
ミル姉
ジィト兄
グラガス隊長も

領主様と守備隊長と魔術隊隊長が揃ってなんの用?
あー…
ちょっとこれ見てくれ
…
?
何これ
短刀
嘘だ!
も元々は私が悪いのです
骨にぶつけて刃が折れたのをミルカ様は直すと言ってくださいまして…
あっもしかして
俺が前に作ってあげた獣の剥ぎ取り用の短刀?
そう
その短刀はあなたが魔核から作ったものよね

この小さな核に
魔力を込めていけば
形も硬さも
自由に変えられる
だから
刃こぼれしても
魔力を補填すれば
直せるはず
そうよね？
うん まあ
理屈としては…

それなのに
私が魔力を追加したら
こうなったのよ
おかしいわねぇ
素人が職人の
真似しても
うまくいかないよ

魔力が多ければ
いいってもんじゃ
ないんだから
ちょっと
待ってて

よし
こんなもんかな
おぉーー

ひとまず
これでどうぞ
素晴らしいです
フェリス様！
器用ねえ
そうだ
フェリス
話は変わるが
守備隊長としての
伝言だ

3日後の
「出立の儀」
相手が決まったぞ

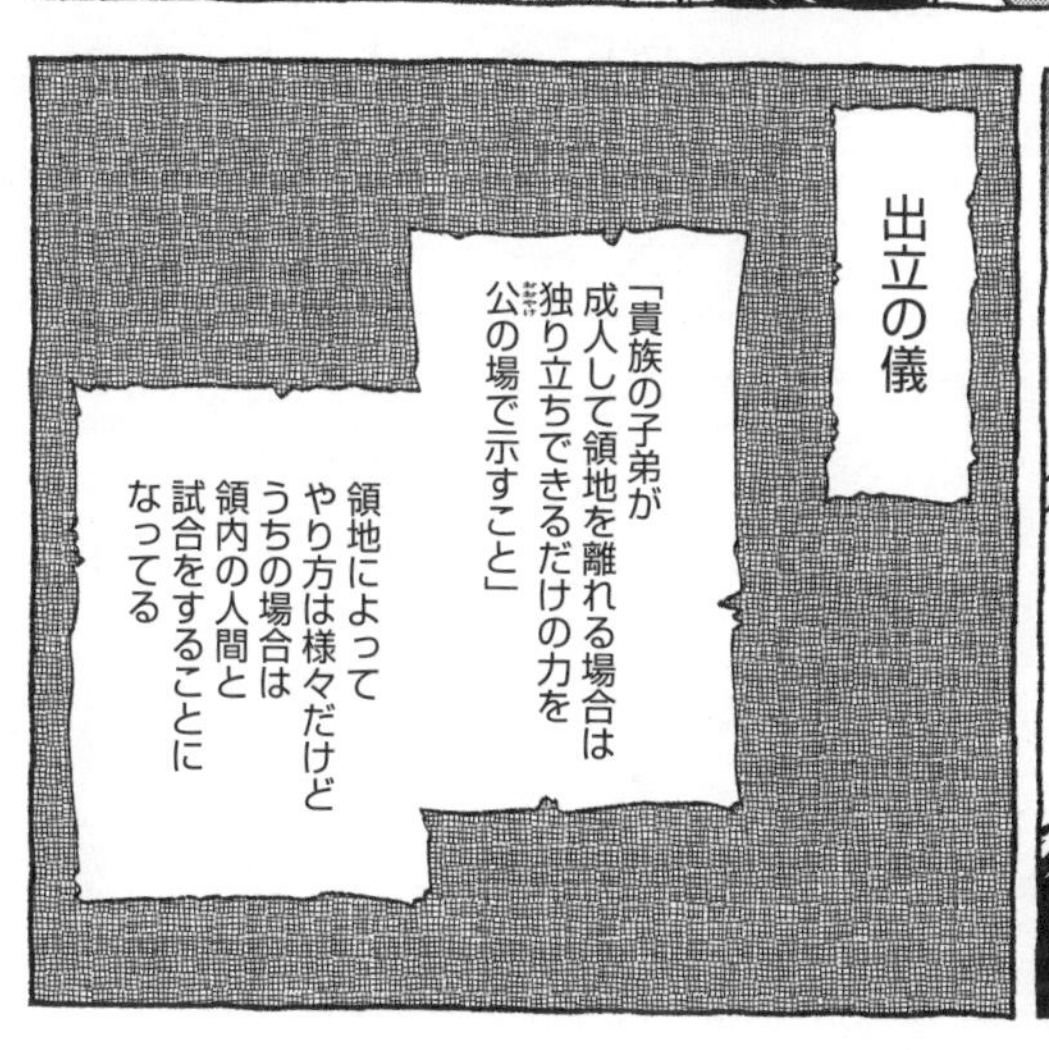
出立の儀
「貴族の子弟が
成人して領地を離れる場合は
独り立ちできるだけの力を
公の場で示すこと」
領地によって
やり方は様々だけど
うちの場合は
領内の人間と
試合をすることに
なってる

ごくん…

問題は
その対戦相手
クロゥレン家当主
魔術師世界8位のミル姉
クロゥレン家守備隊長
武術士世界10位の
ジィト兄
このふたりを
相手にするのだけは
勘弁してほしい
旅立ちを前に
満身創痍に
なるのは嫌だ――!!
サセット・シルガが
お前の相手を
希望している
え?
…サセット?
ああ
守備隊4位の?
そうだ
異論はあるか?
いや
ないない
是非!
やらせてください
魔術・武術・道具は
あらゆるものを使用可

場所は守備隊の訓練場よ
邪魔したな
うん わかった ありがとう
フェリス
サセットかぁー よかったー
口元をなんとかしなさい
パタン…
…
隊長 私を信頼してないんですか？
いや そういうことではなくてな

どうしたの？
ミッツィ
あ

いやーこいつがね
出立の儀に
立候補したじゃ
ないですか
相手が誰でも
油断するなって
言ってたとこです

フェリス様ごときに
油断も何も…

…と

ふ…
かまわないわ
サセット
フェリスについて
忌憚のない意見を
聞かせてちょうだい

…それなら言わせてもらいますけど
フェリス様見てるとイライラするんですよ
私だけじゃないみんな言ってますよ
フェリス様みたいな腑抜けが跡目争いから降りたのは正解だって
子爵家に生まれながら統治には興味ない
魔術や武術を極めようって気概も感じられない
サセット！
申し訳ありません
いいのよ発言を許したのは私だもの
続けなさい
……

守備隊の訓練に参加しても義務感で適当にこなしてるだけって感じで
バカにしてるじゃないですか私たちは真剣にやってるんですよ
だからね
ふんっ
領を出る前に1度完膚なきまでに叩きのめしてやろうと思って
……
そう
頼もしい言葉ね
善戦を期待しているわ
お前いくらなんでも…
言いすぎですよ
だって〜

どうしてかしら
ん？
どうしてフェリスはああも侮られているのかしら
俺やミル姉が極端な強度を持ってるからそれと比較しちまうんじゃないかなあ
私たちのように魔術か武術のどちらかに突出しているわけではないけれど
武術 9133
魔術 9218
クロゥレン守備隊のうち武術隊の加入資格は武術の単独強度が4000
魔術隊は魔術強度が4000
フェリスはいずれも満たしてる
侮られる筋はないわ

あの子はわざと
自分を無能だと
思わせようとしてる
気がするのよ
そういや…
あいつ小さい頃から
ことあるごとに
自分は領主の器じゃない
父上のあとを継ぐ気はないって
宣言してたよな
今思うとそれも
不自然だわ
次男なのに
わざわざそんな主張する
必要がある？
職人になりたいなら
誰も止めないわよ
うーん……
なんで？
それは
わからない

ジィト
中央の噂は聞いてる？
ああ
3人の王子が
次期デグライン王の座を
めぐって三つ巴の争い
きな臭いよなぁ
私たちもどんな形で
巻き込まれるかわからない

フェリスが本気を出したら
どれくらいの戦力になるのか
クロゥレンの当主としては
把握しておきたいじゃない？
3日後が楽しみだわ

先生
602号室の患者さんが…

ご家族には
連絡したのか

はい
先ほど…

前世での俺は
長年の闘病の甲斐なく
命を失うことになった

その時
この世界の
「上位存在」の声を
聞いたんだ

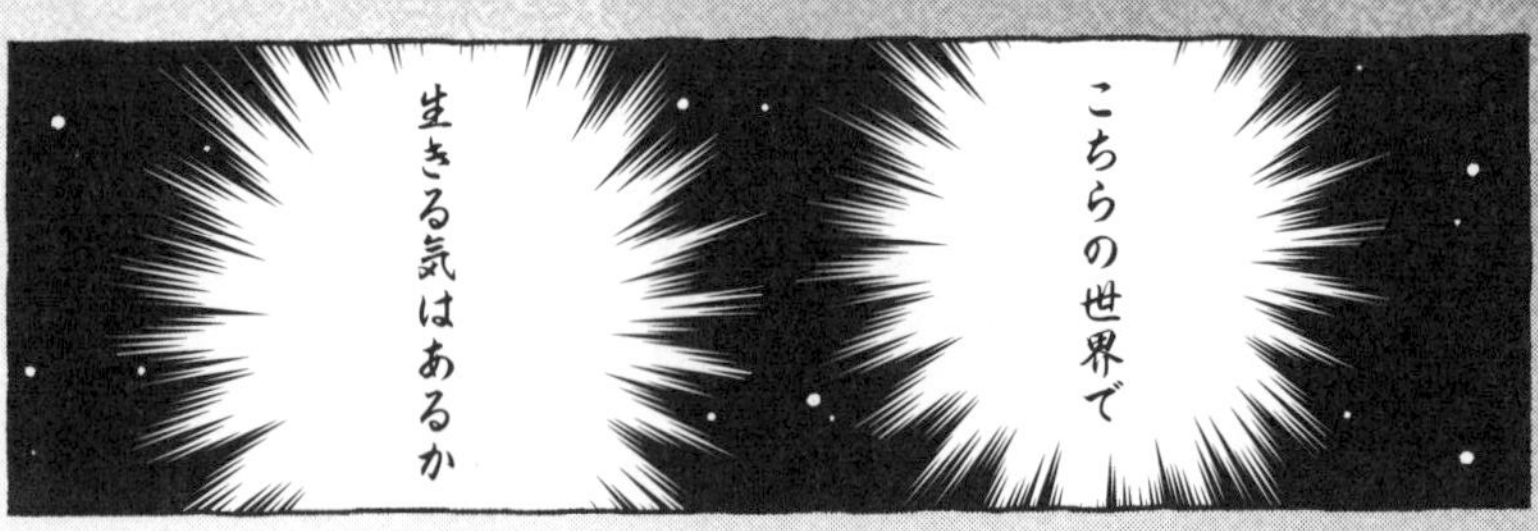
こちらの世界で
生きる気はあるか

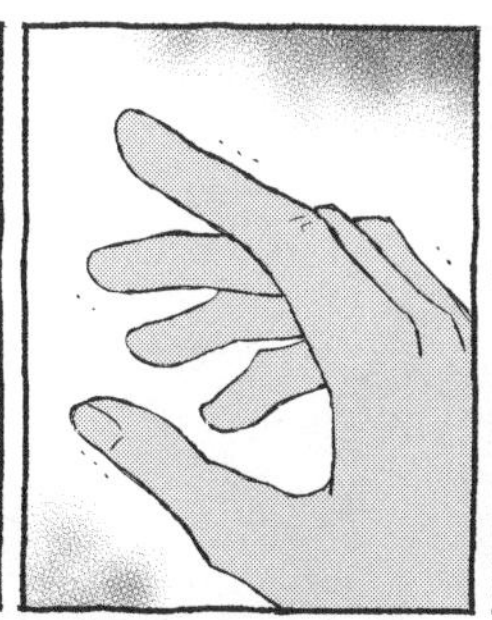
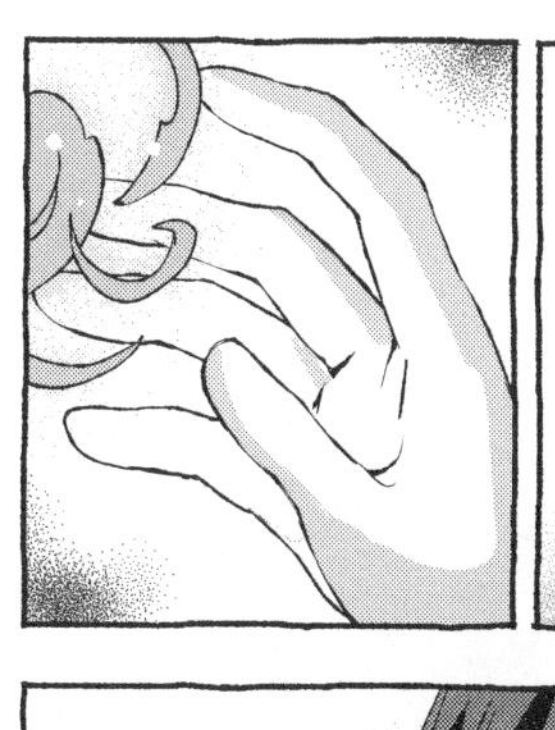

この世界に
転生するにあたって
上位存在が示した条件

それは
「20歳になるまでに
特定の場所に赴き
託宣を受けること」

領主になったら
王国法により
自由に国外に
出られなくなる

だから
可能性は低いとはいえ

シュッ
俺が領主に
推されるようなことは
なんとしても避けなくちゃ
ならなかった

だけど
結局ミル姉が
領主になって
出立の儀も
無事に済みそうだし
職人の修行ができるし
託宣も受けに行ける
ここまでは
ほぼ完璧な流れ
最高の旅立ちに
なりそうだ

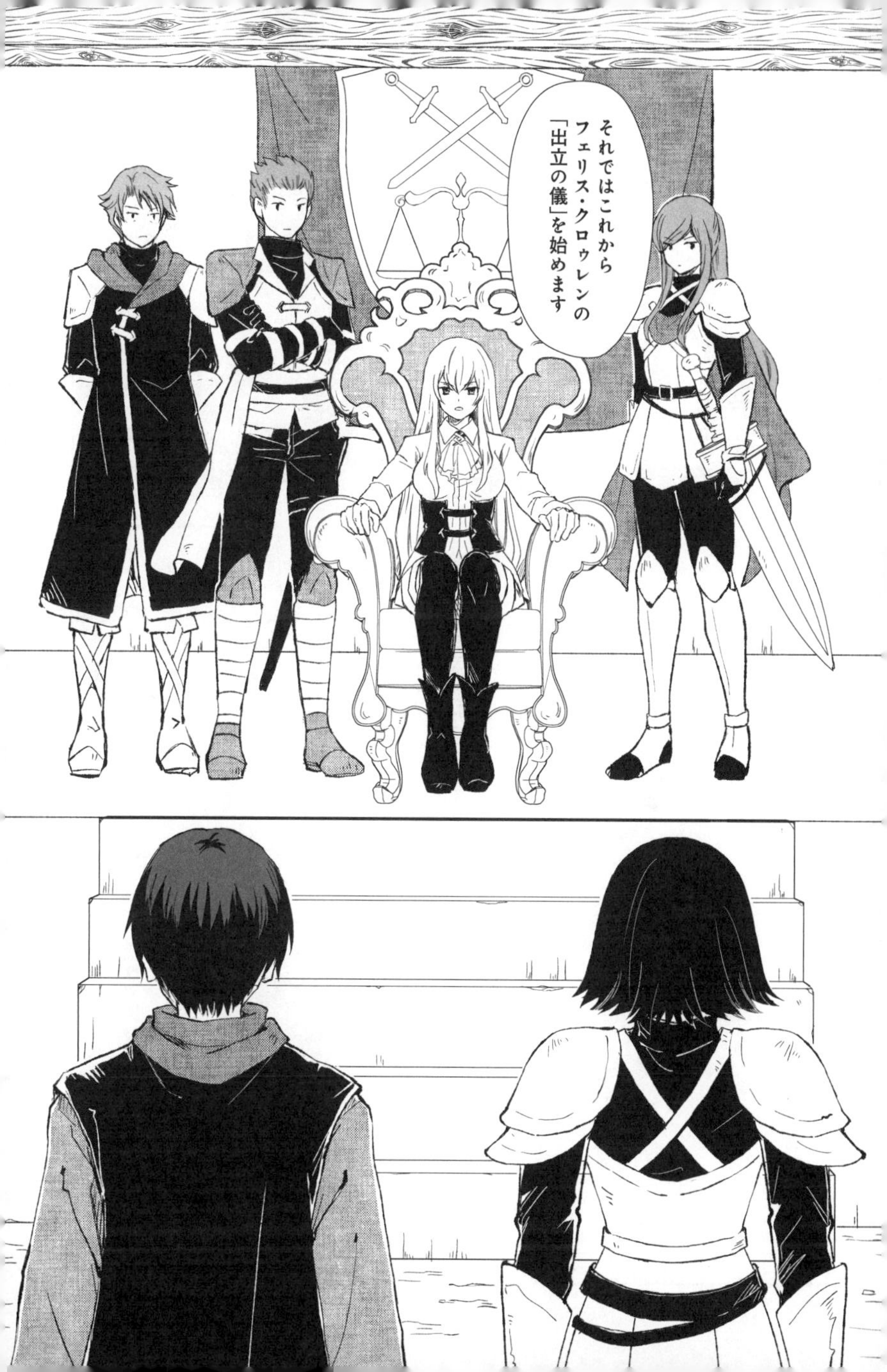
それではこれから
フェリス・クロゥレンの
「出立の儀」を始めます

貴族は
様々な特権を持つ反面
責任も重い
「儀式」というのは
自分たちが特別な責務を
負う人間であることを
領民に示す絶好の機会だ
フェリス・クロゥレンは
独力で歩む者としての
力を示してください
だから
一見意味がわからん儀式も
こなさなくちゃならない
貴族である以上
それに対し
クロゥレン家当主
ミルカ・クロゥレンが
裁定を下します

失礼
裁定というのは？
言葉のとおりです
あなたの力が
独立した成人として
ふさわしいかを
判断します
裁定の結果次第では
出立が
認められないことも？
待ってくれ
ありえますね
聞いてないぞ
そんなこと
あの…武器を変えて
いいでしょうか
許可します
ちょっと待ってて
ください
おいおい
この期に及んで
武器変更かよ
往生際が
悪いなあ
……
まあフェリス様
らしいんじゃないの
ははは…

ならば

苦手な長剣を
あえて使うこともない

ざわ…
お待たせしました
木の棒？
なんのつもりよ
もしかして
負けたとき
武器のせいにして
言い訳するつもり
なのかしら

勝つのは簡単だ

それでは出立の儀の試合を始める

名乗りを！

守備隊第4位
『突貫』
サセット・シルガ！
クロゥレン子爵家
『魔核職人』
フェリス・クロゥレン！

ザッ
ガキッ

!?
柄に当たったた?
いや
そんなことはない
棒を切断したはずなのに
なぜ斬れてないの
7つの時から
魔力を流し込んで
鍛えてきた相棒だ
生半可な剣じゃ
斬れないよ

ぐっ
ヨロ
ジャキーッ
シュルルルッ

ビッ
ドカドカッ

あ…
ぎ…

うあああ
あああ――ッ!!
ズ

そこまで！
勝負あり！
勝者
フェリス・クロゥレン！
担架を
母上のところに
運んで
診てもらいなさい

おい
何が起こったんだ

ざわ

開始から1分も
経ってないぞ

ざわ

サセット完封か

ならば
自分の持てる力を
すべて出し切る
べきじゃなくて？
フェリス

いや
力は出し切りました
もうくたくたです
嘘おっしゃい
あれ？

そうですねぇ
なんだか

確かにフェリス様は
まだ十分余力が
おありのようだ
雲行きが……

部下がここまで
可愛がられたんじゃ
武術隊隊長として
黙ってられない
私も相手をして
いただきたいですねェ
いいえ
許可しないわ
ミッツィ
あなたでもおそらく
力不足…
コツ…

私が出るわ
クロゥレン家当主
『炎魔』
ミルカ・クロゥレンが
ああ――
最悪だ

クロゥレン家の次男坊３

2024年1月1日　第1刷発行

著　者　島田征一

発行者　本田武市

発行所　TOブックス
〒150-0002
東京都渋谷区渋谷三丁目1番1号　PMO渋谷Ⅱ　11階
TEL 0120-933-772（営業フリーダイヤル）
FAX 050-3156-0508

印刷・製本　中央精版印刷株式会社

ISBN978-4-86794-025-9